Cris Jerel

L'Univers d'Ildaran

Cycle de l'héritier - Volume 4

ISBN 979-10-95650-11-9

© Troisième édition, 2nd trimestre 2016.

Chapitre 1

Le Bellator approchait de l'amas des Pléiades quand l'alarme intérieure se déclencha et Bella annonça sur l'audio générale :

- NOUS SUBISSONS UN BALAYAGE ACTIF DE FAISCEAUX DE DETECTIONs.

- Origine de la source ? Sarian, qui était dans sa cabine à ce moment-là, avait réagi immédiatement.

- C'EST ETRANGE, JE DETECTE LE BALAYAGE, MAIS IMPOSSIBLE D'EN IDENTIFIER LA SOURCE. IL SEMBLE QU'ELLE SOIT DANS UN AUTRE SYSTEME SOLAIRE, AU-DELA DE LA PORTEE DE MES SENSEURS. CE BALAYAGE EST PRESQUE FURTIF. SANS LES NOUVEAUX DETECTEURS INSTALLES IL Y A QUELQUES MOIS SUR LE BELLATOR, JE N'AURAIS RIEN ENREGISTRE.

- Combien y a-t-il de systèmes dans une sphère de vingt années-lumière ? s'alarma l'Ildaran, déjà en chemin vers le centre tactique.

- DIX-HUIT.

- Isole les systèmes comportant des planètes telluriques, ordonna-t-il aussitôt.

- IL Y EN A TREIZE DANS UNE SPHERE DE VINGT ANNEES-LUMIERE.

- Lance des drones éclaireurs dans chacun d'eux. Hors de question de passer à côté d'un système habité par des intelligences capables d'activer des faisceaux de détections intersystèmes ! Mets le navire en état de défense, j'arrive sur la passerelle. Compléta Sarian, qui avait enfilé une veste et quitté sa cabine avec précipitation. Il appela aussitôt Darin, via ses Nanocrytes de communication, et lui résuma la situation.

- Klosteran et Rliostem nous attentent au plus vite sur Polona, objecta Darin qui était plutôt favorable à la poursuite du vol sans se préoccuper de cette détection. Et l'émissaire des Al-Heoxyrians a enjoint à Paul de se rendre au plus tôt sur cette planète, ajouta-t-il.

- Je sais tout cela, mais, s'il existe une civilisation inconnue dans cette région de l'espace, nous ne pouvons pas prendre le risque de ne pas le vérifier. Bella, fais sortir les cinq croiseurs opérationnels et qu'ils se positionnent à distance de combat, systèmes d'armes activés. Rétorqua Sarian.

- DRONES LARGUES, SAUT QUANTIQUE. LES CROISEURS QUITTENT LE BORD.

- Quelles sont les capacités défensives du Bellator ? s'informa Telius qui venait de prendre pied sur la passerelle.

- NOUS AVONS EFFECTUE UN SAUT DE QUATORZE ANNEES-LUMIERE QUI A PRATIQUEMENT EPUISE NOS RESSOURCES ENERGETIQUES. J'AI ACTIVE LES FILETS DE CAPTAGE DES L'EMERGENCE, MAIS NOUS EN SOMMES A CINQ POUR CENT. LES BOUCLIERS PEUVENT ETRE ACTIVES AU MINIMUM, MAIS PAS QUESTION D'UTILISER LES FAISCEAUX DISRUPTEURS AVANT AU MOINS UNE HEURE. Annonça l'IA.

- Bien, abaisse les boucliers, les croiseurs prendront en charge l'offensive s'il y a lieu, il faut protéger le Bellator. Combien de temps avant de pouvoir transiter ? s'enquit Sarian.

- AVEC LES BOUCLIERS ACTIVES : TROIS HEURES SEPT MINUTES.

- Alerte générale, que tout le monde enfile une tenue de combat et des boucliers individuels, on ne sait jamais. Tout le monde dans le centre tactique, c'est la partie la mieux protégée du vaisseau et je préfère que nous soyons tous ensemble en cas de pépin. Ajouta l'Ildaran.

Une puissante sirène retentit dans le vaisseau alors que l'IA égrenait les consignes. Le chef des Ildarans était très inquiet à l'idée de rencontrer une nouvelle civilisation, possiblement technologiquement plus avancée que l'Empire. Cela ne s'était jamais produit jusqu'ici. Seraient-ils humains comme toutes les civilisations rencontrées jusqu'à ce jour dans la Voie Lactée ? Il n'oubliait pas non plus qu'ils n'avaient toujours pas identifié la taupe, malgré les efforts de Darin.

*

À bord du Randor, les heures s'écoulaient avec monotonie à s'entraîner au combat et à surveiller les trois croiseurs des contrebandiers. Ils étaient maintenant à plus de quatre milliards de kilomètres de la périphérie et du point de saut le plus proche lorsque Klosteran ordonna à l'IA de couper le mode furtif et d'enclencher le captage de matière noire.

À la périphérie du système, leur manœuvre fut immédiatement repérée et l'un des croiseurs fit immédiatement mouvement vers l'intérieur du système. Avec dix heures de retard, il n'avait aucune chance d'atteindre le Randor avant que celui-ci n'ait transformé assez d'énergie pour réactiver son écran d'occultation. À cette période de l'année, l'orbite de la septième planète était très éloignée de Polona et ils ne craignaient donc pas de voir arriver des renforts de la base des contrebandiers.

- IA, combien de jours nous reste-t-il avant le jugement du cercle ? demanda Rliostem

- EN JOURNEE POLONIANE, VOUS ETES RESTES ABSENTS HUIT JOURS ET ONZE HEURES. LE JUGEMENT EST DONC DANS DEUX JOURS.

- Sertime va certainement être content de nous revoir, sourit Klosteran.

- Sûr. Il doit être inquiet, car il s'est porté garant pour vous et dans la société gâalanaise, ce n'est pas à prendre à la légère. Renchérit Baliran.

- Raison de plus pour nous hâter. Combien de temps faut-il pour le captage ? s'enquit Rliostem

- LA MATIERE NOIRE N'EST PAS PRESENTE EN GRANDE QUANTITE, MAIS, EN TROIS HEURES, NOUS DISPOSERONS DE SUFFISAMMENT D'ENERGIE POUR RALLIER POLONA EN MODE FURTIF ET GARDER UNE MARGE EN CAS DE COMPLICATION.

- Très bien, dans ce cas profitons-en pour nous restaurer, car dès l'atterrissage nous nous mettrons en chemin vers Port Gâal. Klosteran préférait assurer ses arrières.

Il faudrait encore une vingtaine d'heures pour atteindre Polona, ce qui laissait le temps de dormir avant l'atterrissage. Après une brève collation, les trois Ildarans allèrent se coucher chacun dans une cabine et d'après l'IA du Randor, ils arriveraient en fin de matinée, heure locale à Port Gâal.

*

Douze drones étaient revenus transmettre leurs données au Bellator et les douze systèmes visités ne présentaient aucune activité ni aucune planète habitable.

Bella analysa les résultats des drones et repéra immédiatement l'anomalie. Quatre des drones avaient identifié une région de l'espace comportant une étoile manquante. Celle-ci était parfaitement visible depuis le Bellator, mais, sur les relevés ramenés par ces quatre drones, elle avait disparu. Il ne s'agissait pas d'une destruction naturelle comme lors d'une explosion d'une supernova, mais d'une disparition pure et simple, sans aucune trace de matière stellaire résiduelle. Les Ildarans n'avaient jamais été confrontés à un phénomène astronomique comme celui-ci. Il s'agissait justement de l'étoile vers laquelle avait été envoyé le treizième drone qui n'était pas revenu et Bella expédia cinq nouveaux drones vers ce système. Chacun des petits appareils de reconnaissance devait s'approcher de plus en plus près de l'étoile à partir d'une distance d'au moins quatre-vingts minutes-lumière. De cette manière, si le système était pourvu de plateformes de défense, le drone le plus éloigné pourrait enregistrer l'attaque et revenir avec des données exploitables. L'attente ne fut pas très longue et, moins de vingt-cinq minutes plus tard, deux drones refirent surface à moins de cinq millions de kilomètres du Bellator. Toute l'équipe attendait dans la salle tactique et la surprise fut de taille.

Les deux drones rescapés signalaient la destruction des trois autres. Ils semblaient avoir heurté une barrière invisible en naviguant dans ce qui apparaissait comme un système stellaire situé à vingt et une années-lumière de leur position. Sur place, aucune donnée ne parvenait de l'intérieur de ce système et la présence même de l'étoile semblait remise en cause.

À vingt et une années-lumière de ce système fantôme, l'étoile était parfaitement visible, la mise en place de cette barrière était donc postérieure à vingt et une années ildaranes.

Toute l'équipe avait rejoint la salle tactique du Bellator et l'excitation y régnait. Pour la première fois de leur longue histoire, les Ildarans faisaient face à une technologie qui leur était supérieure !

- NOUS SOMMES, DE NOUVEAU, BALAYES PAR DES FAISCEAUX DE DETECTIONS.

- Toujours en provenance du système fantôme ? interrogea Sarian.

- NON, MES SENSEURS INDIQUENT UNE SOURCE A SEPT MILLIONS DE KILOMETRES.

- Un vaisseau furtif ! Boucliers au maximum, calcule immédiatement un saut quantique d'évitement et verrouille les systèmes d'armes sur la source. Lança Telius.

- Je detecte dix-huit torpilles verrouillees sur le Bellator. Elles sont pourvues de boucliers Horlzson individuels.

- Que tous les vaisseaux transitent en évitement. Heureusement que nous n'étions pas enfoncés dans un système ! ordonna Sarian.

Sarian n'avait pas terminé sa phrase que les six vaisseaux ildarans étaient déjà à huit minutes-lumière du lieu de l'attaque. L'ennemi semblait utiliser le même type d'arme que l'Empire, bien que plus sophistiqué, car même leurs torpilles embarquées étaient protégées par un champ *Horlzson*. Cela sous-entendait une meilleure utilisation de l'énergie Kin et la miniaturisation des condensateurs. Par contre, protéger un système entier devait nécessiter une énergie phénoménale !

- Qu'est-ce que l'on fait maintenant ? demanda Darin

- Essayons de prendre contact avec eux malgré leur hostilité. Bella, envoie un message indiquant que nous sommes un bâtiment de l'Empire d'Ildaran et que nous venons en paix. Transmit Sarian

- C'est fait. Aucune reponse.

- Précise que nous avons des avaries à bord et que nous avons besoin de réparer notre vaisseau amiral. Envoie l'un des croiseurs à une trentaine d'années-lumière en attente avec, comme instruction : de revenir dans trois heures, ajouta-t-il.

- Tu n'as pas peur qu'ils prennent cela pour de la faiblesse et qu'ils en profitent pour nous attaquer de nouveau ? intervint Oria.

- C'est une probabilité, mais, s'ils savent que l'un de nos croiseurs s'est échappé, cela sous-entend qu'il puisse revenir avec une flotte entière. Maintenant qu'ils sont découverts, ils n'ont aucun intérêt à nous détruire, sauf à vouloir déclencher une guerre avec l'Empire. Répondit Sarian, qui essayait de se convaincre que son raisonnement était le bon.

- Souhaitons qu'ils raisonnent comme toi, fit Paul en regardant Mélanie qui avait foncé les sourcils, signe d'inquiétude chez l'adolescente.

- APPAREIL ETRANGER EN EMERGENCE A VINGT MILLIONS DE KILOMETRES. SYSTEMES D'ARMES VERROUILLES, ATTENTE INSTRUCTIONS

- Pas de tir, nous attendons. Réitère le message de paix. Que détectes-tu de ce vaisseau Bella ? s'enquit Sarian.

- C'EST UN APPAREIL APPARENTE A NOS PETITS CROISEURS DE COMBAT, LEGEREMENT PLUS JOUFFLU EN SON CENTRE. ON DIRAIT LE RANDOR EN PLUS GROS ET SURTOUT MIEUX EQUIPE EN SYSTEME D'ARMES. MASSE INCONNUE, UN SYSTEME DE BROUILLAGE BLOQUE TOUT BALAYAGE ACTIF.

- Maintiens les boucliers au maximum. Distance de combat entre les croiseurs de six millions de kilomètres. Commanda l'Ildaran.

L'appareil étranger s'était immobilisé dans l'espace.

- VINGT-DEUX NAVIRES EN EMERGENCE A TRENTE-CINQ MILLIONS DE KILOMETRES, NOUS SOMMES ENCERCLES. ATTENTE D'INSTRUCTION.

- Essai de communiquer avec ces vaisseaux en langage binaire et ouvre-moi une holocom, je vais m'adresser à eux en ildaran. Transmets-leur que l'un de nos croiseurs est reparti vers Ildaran et qu'il va prévenir notre civilisation. Puis s'adressant cette fois-ci aux appareils inconnus, Sarian reprit : étrangers, nous sommes pacifiques et n'avons aucune intention hostile envers votre civilisation. Nous sommes ici par hasard à cause d'une avarie sur notre vaisseau mère. Ici Sarian capitaine du Bellator.

- J'AI RELAYE VOTRE MESSAGE EN BINAIRE ET AVEC TOUS LES LANGAGES CONNUS. LES VINGT-TROIS APPAREILS ONT VERROUILLE LEURS SYSTEMES D'ARMES SUR LE BELLATOR.

- Paré à transiter en urgence. Cherche s'il n'y a pas d'autres appareils furtifs plus proches de nous qui pourraient nous atteindre par surprise.

- À MOINS QU'ILS NE DISPOSENT D'UNE AUTRE TECHNOLOGIE FURTIVE, JE NE DETECTE RIEN D'AUTRE QUE CES VINGT-TROIS VAISSEAUX.

- Ils ont l'air tous identiques, nota Mélanie, qui avait les yeux rivés sur les projections holographiques reconstituées à partir des données interceptées.

Cela faisait maintenant presque neuf minutes que la situation était figée. Aucun des navires inconnus ne bougeait et les vaisseaux restaient également immobiles dans l'espace, prêt à transiter en urgence pour échapper à des tirs de torpilles ou d'armes plus redoutables encore.

Sarian, habituellement calme, commençait à devenir nerveux. Il savait que leur capacité de saut était ridiculement faible et qu'il serait facile aux vaisseaux inconnus de les traquer jusqu'à épuisement complet de leur énergie.

- J'AI UNE TRANSMISSION AUDIO DE L'UN DES VAISSEAUX ETRANGERS.

- Transferts-la sur l'audio générale de la passerelle. Ordonna aussitôt Sarian, l'air tendu.

- Ici le capitaine de la flotte scientiste, vous avez violé notre espace, déconnectez vos écrans de protection et déverrouillez vos systèmes d'armes nous allons venir à votre bord. La voix était claire, s'exprimant en ildaran, sans aucun accent.

- Ici le capitaine Sarian, commandant de cette flotte impériale. Nous sommes ravis que vous parliez l'ildaran standard. Nous ignorions votre présence dans cette région de l'espace et n'avons pas pénétré votre territoire intentionnellement. Si un représentant de votre peuple souhaite monter à bord, il est le bienvenu. Vous pouvez envoyer une navette. Proposa Sarian, rassuré par le fait que ces inconnus semblaient humains.

- Vous ne m'avez pas bien compris, capitaine Sarian, nous allons monter à votre bord et prendre le contrôle de vos navires. Vous êtes nos prisonniers et ne tentez surtout rien d'irréparable. Répliqua la voix d'un ton autoritaire.

- Je pense, Monsieur, que vous ne connaissez pas bien l'Empire d'Ildaran pour menacer une flotte impériale. Le Bellator est l'un de nos plus puissants bâtiments et ce ne sont pas vos modestes croiseurs qui peuvent sérieusement menacer nos vaisseaux. Mais si vous aviez l'incurie de nous attaquer, sachez que vous risquez un conflit avec Ildaran. Je vous rappelle que l'un de nos bâtiments est reparti et que l'Empire sera bientôt informé de votre existence. Rétorqua Sarian, piqué au vif par les menaces de l'inconnu.

- Détrompez-vous commandant Sarian, nous connaissons parfaitement l'Empire et son niveau technologique. Ne vous fiez pas à la taille de nos appareils. Leurs capacités offensives et défensives dépassent très largement celles de votre porte-croiseurs. Je réitère donc mes instructions : abaissez votre écran et laissez apponter l'un de mes avisos. Ne nous forcez pas à ouvrir le feu sur votre navire. Il est déjà bien endommagé si j'en crois mes senseurs. Répliqua l'inconnu.

- Vous n'avez aucun intérêt à déclencher un conflit avec l'Empire. Nous connaissons maintenant votre présence dans cet amas. Chercher à nous détruire n'a plus de sens, votre secret est éventé. Tenta de lui objecter Sarian.

- Notre existence, mais pas qui nous sommes. Nous pouvons rester dissimulés derrière notre barrière stellaire et vous allez venir avec nous. S'obstina l'étranger.

- Laissez-moi quinze minutes pour en discuter avec mes officiers. Proposa Sarian, qui avait besoin de réfléchir.

- Je vous accorde dix minutes, ensuite nous ouvrirons le feu sur votre flotte. Terminé.

Tous les passagers du Bellator étaient dans la salle tactique et tout le monde avait pu suivre l'échange avec le représentant de ces scientistes, comme ils se dénommaient eux-mêmes.

Les avis étaient partagés sur la conduite à tenir. La majorité était favorable à l'ouverture du feu et à ne pas s'en laisser compter par ces inconnus prétentieux.

Telius était indécis, arguant que ces navires pouvaient disposer de technologies offensives à la hauteur de leur bouclier stellaire et que de telles armes pourraient facilement venir à bout des défenses du Bellator, surtout endommagé comme il l'était.

- Et toi Paul, qu'en penses-tu ? demanda Oria. Après tout, c'est toi le chef ici.

- Je suis ravi d'avoir à trancher en ces circonstances, répondit l'adolescent d'un air ironique. Je partage l'avis de Telius sur leurs capacités technologiques. S'ils ont conçu un bouclier capable de protéger un système solaire entier, ils doivent posséder des armes très efficaces. Le Bellator est sérieusement diminué et il est bien possible que nous ne soyons pas en état de leur tenir tête.

- Tu proposes que l'on se rende sans combattre, face à ces croiseurs ridicules ? s'étonna Darin.

- Il existe un proverbe dans le pays où j'ai vécu qui dit : l'habit ne fait pas le moine. Cela signifie que, quel que soit l'aspect de ces croiseurs, ils peuvent être très dangereux. Qu'en penses-tu Sarian, tu n'as rien dit jusqu'ici ? répondit Paul.

- Je suis de ton avis. Je ne crois pas qu'ils bluffent, ils doivent disposer de technologies que nous ne connaissons pas. Cependant, l'idée de me rendre à ces inconnus ne m'enchante guère. Soupira l'Ildaran.

- C'est toujours mieux que de mourir ici, cela dit. Argua Xionnes.

- Je propose de leur dire la vérité sur mon identité. Après tout, ils n'ont pas l'air d'apprécier l'Empire. Qu'est-ce qu'on risque ? proposa Paul.

- Sur ce point, je ne partage pas ton avis, objecta Oria. Tant qu'ils ignorent qui tu es, nous serons considérés comme des prisonniers, point barre. S'ils étaient informés de ton identité, ils pourraient vouloir te remettre à Kera 1er sous conditions.

- C'est un risque à courir, mais j'entends l'argument. Je propose que nous laissions monter leurs représentants à bord et nous jugerons ensuite de la conduite à tenir. Suggéra Paul.

Après un bref conciliabule sur le sujet, Sarian trancha en faveur de la proposition de Paul et reprit contact avec les scientistes. Le Bellator déconnecta ses écrans de protection et se prépara à l'appontage d'un des navires étrangers. L'un d'entre eux se mit en mouvement vers la gigantesque sphère, en direction de l'ouverture du hangar numéro 4 qui avait contenu le Carou 4. D'après les informations visuelles du lidar à intrication, les navires étrangers étaient trente pour cent plus petits que les croiseurs impériaux, mais Bella ne parvenait pas à acquérir de données précises sur leurs masses.

Le vaisseau étranger entra lentement dans la soute du Bellator et un cordon de débarquement fut raccordé à son sas. Maintenant que le vaisseau était dans la soute, les senseurs de Bella fournissaient des informations plus complètes sur l'appareil. Il y avait de très nombreuses similitudes avec les navires de l'Empire, mais ce qui surprit tout le monde fut la signature énergétique qui s'échappait de l'appareil. Elle représentait une capacité d'au moins cinq condensateurs du Bellator, parmi les plus gros produits par l'Empire. Les avoir intégrés dans un appareil aussi petit, indiquait une technologie de miniaturisation largement au-delà des capacités techniques en vigueur dans les systèmes ildarans. Il semblait donc bien que ces navires de guerre aient eu la possibilité de détruire le Bellator.

Sarian s'était rendu au dock d'appontage numéro 4 avec Xionnes et Pallaron. Ils étaient tous armés, boucliers *Horlzson* activés. Ils allaient enfin voir leurs adversaires bien que les échanges audio les aient déjà convaincus de la nature humanoïde de ces scientistes. Ce n'était donc pas encore le jour de la découverte d'une race non humaine, dans la Voie Lactée.

La porte du sas du cordon s'ouvrit sur cinq humains en combinaison grise et vert pâle. Ils ne ressemblaient pas à des militaires et étaient plutôt frêles. De taille identique aux Ildarans, Sarian se demandait bien qu'elle pouvait être cette civilisation qui avait réussi à se dissimuler aussi longtemps, avec des technologies aussi sophistiquées. Avec des navires aussi performants, comment se faisait-il qu'ils n'aient jamais croisé un navire de l'Empire ? Ou alors il n'y avait pas eu de survivant pour le raconter…

Les inconnus étaient coiffés d'une casquette vert pâle sans ornement. Aucun insigne ou marque ne les distinguait qui aurait permis d'identifier un grade ou une fonction.

- Bonjour commandant Sarian. Je me nomme Sorphir et je suis le chef de cette expédition. Se présenta l'homme sorti le premier du tunnel de raccordement.

- Expédition ? Votre attitude fait plutôt penser à une action de guerre qu'à une expédition. Répondit sèchement Sarian.

- Nous avons dû agir ainsi pour protéger notre peuple. Nous connaissons parfaitement la politique de votre empereur, Kera 1er, et tenons à rester le plus à l'écart possible de l'Empire. Répliqua le scientiste d'un ton glacial.

- Vous ne risquez rien. L'Empire n'a jamais intégré de civilisation par la force. Rétorqua l'Ildaran, contrarié par l'attitude, ouvertement hostile, de l'étranger.

- Pas du temps de la dynastie Verakin, mais depuis que les Seravon dirigent l'Empire, les choses évoluent ! assena le scientiste d'un ton sec.

- À ma connaissance, il n'y a pas de guerre en cours ? Sarian était rendu dubitatif par les propos de Sorphir.

- Allez raconter cela au système de Lorka ? Ildaran a annexé la confédération il y a deux ans après une guerre éclair qui a décimé leur flotte de combat ! S'agaça le scientiste.

- Comment savez-vous cela ? s'étonna Sarian.

- Parce que nous surveillons l'Empire et que nous avons observé la bataille dans le système de Lorka avec des drones furtifs. Mais vous. Où étiez-vous à cette période pour ignorer cela ? À moins que vous ne cherchiez à nous leurrer. Lança l'étranger en observant Sarian d'un regard soupçonneux.

- Nous étions dans le bras spiral d'Orion sur une planète préspatiale, sans contact avec l'Empire depuis de nombreuses années. Larsen, tu étais informé de l'annexion de Lorka ? demanda Sarian en se tournant vers l'ancien contrebandier.

- Non. À ma connaissance, rien n'a filtré dans la guilde. Lui répondit l'ancien garde du clan Verakin.

- Vous voulez nous faire croire que l'amirauté vous aurait confié un navire de cette classe pour stationner sur une planète arriérée ? Il semble que nous ayons beaucoup de choses à nous dire, commandant. Reprit Sorphir, sourcils relevés.

- En effet, je vous propose de nous rendre dans une salle plus confortable pour continuer cette conversation, proposa Sarian.

- Bien, mais mes hommes vont se rendre sur le pont de navigation afin de vérifier que votre IA programme correctement une trajectoire vers notre système solaire. N'essayez pas de les neutraliser, vous découvririez que nous disposons de ressources individuelles qui dépassent votre armement. Lâcha le scientiste.

Sarian ne répondit pas et indiqua aux quatre hommes la porte du réseau de transport interne. Aucun d'entre eux ne parut surpris. Ils connaissaient visiblement très bien les technologies ildaranes. Ce pouvait-il que ce soit une branche isolée de l'Empire depuis des centaines d'années ? Quatre étrangers prirent place dans un œuf disponible et Sarian ordonna à Bella de les conduire sur le pont de navigation.

Au même instant, Paul, qui était resté dans la salle tactique, s'efforçait de lire dans l'esprit de ces inconnus, mais ils semblaient protégés et Oria soupçonnait qu'ils soient équipés de résilles *Kries*, ou d'un équivalent, car elle ne percevait pas non plus leurs schémas mentaux.

Un second œuf de transport quadriplace se présenta et Sorphir monta avec Sarian, Xionnes et Pallaron.

Dès qu'ils furent installés, Sorphir reçut un appel de ses hommes qui lui confirmèrent qu'ils étaient sur la passerelle et qu'ils devaient attendre que le Bellator recharge ses condensateurs pour transiter vers l'étoile scientiste.

Sorphir sembla un peu contrarié par ce délai, mais ne laissa paraître aucun signe d'inquiétude. Cette décontraction perturbait Sarian, qui tentait d'estimer le potentiel militaire de ces inconnus dans leurs combinaisons grises et vertes qui paraissaient inoffensives. Le navire dans la soute était autrement plus dangereux, car il suffisait qu'il se saborde à l'intérieur du Bellator pour endommager gravement le vaisseau. Il ordonna donc à Bella de suivre les instructions des scientistes, mais en l'informant régulièrement sur la situation.

Arrivé dans un salon d'apparat, Sorphir s'installa dans l'un des fauteuils et observa avec attention les installations.

- Ce bâtiment n'est pas uniquement un navire de guerre. Ces installations sont trop luxueuses. Qui êtes-vous ?

- Rien de plus que ce que je vous ai dit : des soldats de l'Empire. Avança Sarian, prudemment.

- Nous connaissons suffisamment l'Empire pour savoir que Kera 1ᵉʳ n'aurait jamais confié un tel bâtiment à un simple soldat. L'un d'entre vous à bord est un dignitaire de l'Empire. Le plus simple serait que vous nous disiez la vérité, car cela pourrait compliquer votre situation. Suggéra l'étranger

- Nous sommes un groupe d'exploration à la recherche de planètes humano-compatibles. Tenta encore Sarian.

- Commandant, ne nous prenez pas pour des naïfs ignorants. Soupira le scientiste d'un air las. D'après nos informations il ne doit pas y avoir plus de dix porte-croiseurs de cette classe dans tout l'Empire et vous tentez de me faire croire que la marine spatiale aurait confié à un petit groupe de soldats, un puissant navire de guerre et des croiseurs de combat pour rechercher des planètes habitables ? Je pense que vous me mentez. Le plus plausible est que vous veniez tester nos défenses. La question reste donc en suspens : comment vous avez-nous trouvé ? L'homme n'avait pas élevé la voix, mais ses propos contenaient une menace à peine voilée.

- Sorphir. Que vous me croyiez ou non, nous vous avons découvert par hasard. Nous avons subi de gros dommages sur nos condensateurs Verakin et avons connecté en secours ceux de quatre croiseurs. Leurs capacités limitent notre autonomie à une quinzaine d'années-lumière entre chaque saut. Vous pouvez le vérifier auprès de vos hommes qui sont sur la passerelle. Tenta d'expliquer l'Ildaran.

- Cette partie est véridique, mais comment nous avez-vous détectés ? questionna Sorphir, toujours méfiant.

- Nous avons capté un balayage actif venant d'un système de l'amas des Pléiades. Cela a éveillé notre curiosité et nous sommes tombés sur votre bouclier stellaire.

Sorphir était visiblement très surpris que le Bellator ait pu détecter les senseurs actifs, car cela remettait en cause leur furtivité. Mais cela prouvait également qu'ils ne connaissaient pas tout sur les technologies impériales, ce qui n'était pas pour déplaire à Sarian.

Paul tentait toujours de forcer les barrières psychiques de leurs visiteurs et il pensait avoir trouvé une faille dans leur protection. Il commençait à percevoir les effluves mentales de Sorphir et fut surpris de leurs similitudes avec celles des Ildarans. Le scientiste ne semblait pas avoir détecté les sondes de Paul et cela l'encouragea à poursuivre ses efforts.

Mélanie se sentait complètement inutile et avait entrepris de se documenter au maximum sur l'Empire en restant dans sa cabine. Bella lui avait sélectionné des données à compulser sur son terminal holographique personnel et l'adolescente dévorait l'histoire d'Ildaran depuis sa création, plus de trois cent cinquante siècles auparavant. À part Darin et Oria, les hommes de Sarian avaient reçu comme consigne de rester dans leur cabine et de ne pas interférer sans instruction claire. Tout ce petit monde se sentait donc frustré d'être tenu à l'écart des échanges avec le scientiste, mais ils étaient tous des militaires rompus à la discipline.

Dans le luxueux salon, Sorphir observait attentivement Oria qui les avait rejoints. La jeune femme avait abandonné l'espoir de contrôler le scientiste malgré sa surprise de découvrir qu'il ne portait pas de résille Kries. L'étranger avait ôté sa casquette et laissait apparaître une chevelure fournie, mais dépourvue d'ornement, qui aurait pu dissimuler un dispositif psy. Pourtant, ni Paul ni Oria n'avaient détecté d'aptitudes psy chez les cinq scientistes, mais ils pouvaient également les dissimuler.

Sarian chercha à en apprendre un peu plus sur son interlocuteur, mais celui-ci resta évasif, précisant que les réponses leur seraient fournies dès qu'ils seraient dans leur système solaire.

C'est à cet instant que Paul réussit à percer les défenses psychiques de Sorphir. Il eut instantanément une photographie des pensées du scientiste et fut rassuré de constater qu'il pourrait le contrôler facilement, le cas échéant. L'importance des informations tirées du bref échange mental l'incita à contacter Sarian. Celui-ci fut immédiatement réceptif à l'appel de Paul.

- Paul, nous sommes en pleine négociation

- Je dois vous rejoindre. Ces hommes sont des natifs d'Ildaran.

- Quoi ! tu es sûr ? L'exclamation de Sarian qui savait pourtant se maîtriser alerta Darin et Oria et mit également Sorphir sur la réserve.

- À cent pour cent, je peux même prendre le contrôle de ces cinq hommes si tu veux, j'ai trouvé une faille dans leurs protections psy. Ils n'utilisent pas de résilles Kries, mais le dispositif est très similaire. Affirma l'adolescent.

- Ne fais rien pour le moment, viens nous rejoindre, proposa l'Ildaran

- Que ce passe-t-il ? demanda très posément Sorphir malgré une légère agitation.

- Rien de grave, rassurez-vous. Je viens juste d'apprendre que vous êtes des Ildarans. C'est vous qui avez beaucoup de choses à nous dire Sorphir. Sarian avait annoncé cela très calmement, mais l'homme pâlit, car, pour lui, la surprise était totale. Oria et Darin, bien que stupéfaits réussirent à ne montrer aucun signe d'étonnement.

Sans rien montrer à ses interlocuteurs, Sorphir réfléchissait à toute vitesse. Comment ces militaires avaient-ils pu découvrir leur origine ? La femme était probablement une psykane, la couleur de ses yeux la rattachait d'ailleurs probablement à une branche Verakin, mais leurs protections psys étaient inattaquables. Ces Ildarans ne possédaient pas de technologies capables de scanner en profondeur les signatures humanoïdes et leurs combinaisons les protégeaient de toute inspection…

Sorphir en était encore à balayer toutes les possibilités quand Paul entra nonchalamment dans le salon.

- Bonjour Sorphir de la guilde des scientifiques, je m'appelle Paul. S'annonça l'adolescent

- Vous êtes un Verakin ! lâcha Sorphir, dont le regard s'était fixé sur les yeux de l'adolescent.

- En effet, vous êtes à bord de mon navire personnel et vous osez nous menacer. Rétorqua Paul, un rien menaçant. Ses joyaux commençaient à étinceler, ce qui attira aussitôt l'attention du scientiste.

- Il semble que la situation soit trompeuse pour nous tous. Nous vous avions pris pour des émissaires de Kera 1er, mais la présence d'un héritier Verakin m'incite à penser que nos objectifs pourraient converger. Observa l'homme.

- Veuillez préciser. Intervint Sarian sur la défensive.

- Comme vient de le dire … Comment dois-je vous appeler ? Majesté, Sir ? continua Sorphir.

- Mon nom est Ishar, répondit Paul sur un ton qui cingla comme un coup de fouet.

- Bien. Comme vient de le préciser … Ishar, nous sommes en effet de la guilde des scientifiques. Nous avons pris le nom de scientistes lorsque nous nous sommes installés dans cet amas stellaire pour fuir la dictature des Seravon. Nous avions réussi jusqu'ici à échapper à toute détection. Raconta le scientifique.

- Kera 1er s'en est pris à la guilde ? s'exclama Darin, surpris.

C'est ainsi que le scientiste relata l'histoire de son peuple. Quelques mois après la chute des Verakin, Kera 1er avait décrété une loi mettant la guilde des scientifiques sous la tutelle directe de son oncle : Utuis Seravon. Cette décision avait naturellement déclenché un tôlé dans l'Empire, surtout dans les laboratoires de recherche, directement financés par la guilde, ainsi que dans les campus, mais cela n'avait pas stoppé Kera Seravon. Lorsque des hommes de la garde squir commencèrent à emmener des membres de la guilde sur Ildaran Prime, les scientifiques décidèrent de quitter l'espace contrôlé par l'Empire. Les dirigeants de la guilde avaient envisagé, depuis des centaines d'années, qu'un évènement de ce type puisse se produire et ils disposaient de tous les vaisseaux de transport nécessaires.

- Vous aviez prévu que ma famille puisse être décimée ? lâcha sèchement Paul

- Majesté, fit Sorphir en s'inclinant devant Paul. Non, nous n'avions pas anticipé la mort de votre famille, mais la possibilité d'avoir à isoler une partie de la guilde. Si nous avions pu nous douter que vous étiez encore vivant, nous vous aurions contacté bien plus tôt. En grande majorité, les scientistes sont restés fidèles aux Verakin et nous avons vécu l'assassinat de votre famille comme une infamie. Il va sans dire que vous n'êtes plus nos prisonniers. Je doute d'ailleurs que vous alliiez dévoiler notre existence à Kera Seravon, plaisanta le scientiste.

- Nous ne sommes pas en très bon terme, en effet, répondit Sarian, qui commençait à se détendre.

- Vous avez regroupé tous les scientifiques de l'Empire ? s'étonna Oria.

- Ceux qui ont réussi à nous rejoindre, répondit Sorphir en se tournant vers la jeune Ildarane

- Le niveau de recherche a dû sérieusement chuter dans l'Empire intervint Darin

- Vraisemblablement, d'autant que les informations que nous obtenons de nombreuses planètes révèlent que les scientifiques qui y résident encore ne s'illustrent pas par une créativité débordante sourit le scientiste

La situation prenait une autre tournure. Le hasard, mais était-ce bien le hasard avec les Al-Heoxyrians qui suivaient Paul, les avait amené à proximité de ces scientifiques de haut vol. Sarian imaginait déjà le Bellator totalement remis à neuf.

- Néanmoins sans abuser de votre hospitalité, notre vaisseau a besoin de réparations importantes et nous n'avons pas la possibilité de radouber en plein espace. Il nous faudrait une orbite stationnaire et l'apport d'un port spatial qui nous simplifierait la tâche. Si vous nous autorisiez à résider quelques semaines dans votre système, nous vous en saurions reconnaissants. Ajouta Sarian

- Je ne peux pas prendre seul cette décision, commandant Sarian, mais je ne doute pas de la réponse de notre collège, lui répondit Sorphir. Je propose d'envoyer une sonde messagère immédiatement, nous aurons la réponse rapidement. Nous ne sommes qu'à vingt-deux années-lumière de notre système.

Une sonde fut lancée de l'un des croiseurs des scientistes et transita quelques secondes plus tard. Il ne lui faudrait qu'une heure pour recharger ses condensateurs Kin et être capable de revenir délivrer son message. Le délai nécessaire à une décision du collège des scientistes serait probablement plus important.

Sans trop divulguer de secrets sur leurs installations, le scientifique leur détailla comment ils avaient pris possession d'une petite planète tellurique inhospitalière, quinze années auparavant.

La plupart des centres de la guilde avaient été évacués simultanément et la garde impériale n'avait pas eu le temps de réagir. C'était près de huit cents vaisseaux de transport qui avaient rallié ce refuge. L'installation n'avait pas été simple, car la planète n'était pas humano-compatible. Elle hébergeait une petite base sous dôme, installée deux mille ans plus tôt et les scientistes s'étaient donc attelés à la construction d'habitats de grandes tailles, capables d'accueillir les cinq-millions de scientifiques et leurs familles. La population comptait maintenant un peu plus de vingt-cinq millions de personnes, car, à la suite de la première vague, d'autres scientifiques les avaient rejoints pour échapper, eux aussi, aux Seravon.

Il n'avait pas toujours été simple d'exfiltrer des populations sous surveillance, mais les scientistes avaient considérablement amélioré les technologies en usage dans l'Empire, notamment la furtivité.

La motivation avait été déterminante dans leurs recherches, car tous les habitants de Kriavia savaient qu'inévitablement l'Empire finirait par les découvrir et qu'il leur faudrait combattre les flottes de guerre d'Ildaran. L'une des premières innovations avait été le bouclier stellaire censé interdire à tout appareil l'entrée dans leur système. Pour le réaliser, il avait fallu améliorer considérablement le rendement des condensateurs Verakin afin de gérer l'énergie nécessaire au déploiement d'un réseau de défense à l'échelle d'un système solaire.

Mais lorsque l'on dispose de plus de dix millions de scientifiques de haut niveau, tous focalisés sur un objectif : leur survie, les travaux avancent plus rapidement. Quatre ans après leur installation massive, le premier bouclier fut déployé autour de la planète, dix-sept mois plus tard le bouclier définitif fut mis en place à deux cent soixante-dix minutes-lumière de l'étoile. Deux mille cinq cents plateformes mobiles, déployées comme un réseau en toile d'araignée, assuraient le fonctionnement du champ de force. Dans le même temps, de nouveaux systèmes d'armes furent améliorés, tant sur le plan défensif qu'offensif. La recherche n'avait jamais autant progressé depuis des milliers d'années dans la société ildarane, habituée à la stabilité.

Les habitats furent également considérablement agrandis. Plus du dixième de la surface de la planète était maintenant recouvert de dômes énergétiques. Des zones, de plusieurs centaines de milliers hectares, avaient ainsi été rendues humano-compatibles et des animaux y avaient été introduits, venant de plusieurs écosystèmes des planètes de l'Empire et des mondes extérieurs. Kriavia était maintenant un petit paradis. Artificiel, certes, mais très agréable à vivre. Le nom de Kriavia signifiait liberté retrouvée en Ildaran ancien et les premiers colons avaient trouvé ce nom parfaitement approprié.

Durant les premières années, les scientistes avaient vécu dans la crainte permanente d'être retrouvés par les forces spéciales de Kera Seravon et avaient limité, au maximum, les contacts avec les planètes impériales. Puis, peu à peu, la population avait repris confiance à l'abri derrière le bouclier stellaire et ils avaient commencé à envoyer des drones furtifs pour glaner des informations dans les principaux systèmes solaires gouvernés par Ildaran et dans le système mère. Le conseil avait ensuite constitué une équipe dédiée chargée de l'exfiltration de nouveaux scientifiques. Celle-ci avait initié de multiples contacts avec de nombreux scientifiques ayant échappé aux rafles des Seravon, car considérés comme de moindres valeurs. Par deux fois, des vaisseaux impériaux s'étaient approchés à moins de cent années-lumière de Kriavia, mais aucun d'eux n'avait repéré le refuge et le

Bellator était le premier bâtiment à avoir détecté les faisceaux de surveillance. L'Empire disposait visiblement de nouveaux senseurs, ce qui corroborait la destruction récente de plusieurs drones furtifs dans le système d'Ildaran Prime. La sécurité de scientistes semblait à nouveau compromise.

Sorphir se grisait de son récit et s'enflammait de partager ces informations avec l'héritier Verakin. Il voulut savoir comment Paul avait échappé à Kera et fut particulièrement intéressé par les informations sur la furtivité du Randor. Plusieurs savants avaient eu connaissance de ce vaisseau par d'anciens membres de l'équipe qui avaient conçu l'appareil. Malheureusement, les principaux membres, initiateurs du projet, avaient été tués dans l'assaut d'un centre de recherche qui avait mal tourné. Quelques assistants étaient en dehors du centre, à ce moment-là, et seule une partie de la technologie avait pu être préservée.

C'est cette technologie furtive qui équipait actuellement les navires scientistes, mais elle venait d'avouer ses limites face aux nouveaux détecteurs équipant le Bellator. Sorphir assura que les scientistes seraient très désireux d'étudier le Randor, car il n'avait aucun doute en leurs capacités de pouvoir reproduire la furtivité du petit aviso. Sarian se voyait déjà disposer de la furtivité sur le Bellator et ses croiseurs d'attaques.

Les sujets de conversations s'enchaînaient successivement sur les échanges de technologies et le récit de la fuite de Paul jusqu'au système de Kriavia lorsque Bella annonça que les condensateurs Verakin étaient suffisamment rechargés pour un saut de douze années-lumière. Les croiseurs étaient tous rentrés à bord et le Bellator put transiter en direction du système de Kriavia. Immédiatement suivi pas les appareils scientistes. Bella avait laissé une sonde de communication à destination du vaisseau programmé pour revenir, afin qu'il les rejoigne dès connaissance du message.

Dès l'émergence dans l'espace einsteinien, les navires activèrent leurs puissants détecteurs afin de vérifier qu'aucun intrus n'avait détecté l'énorme ébranlement de la structure de l'espace provoqué par la transition du Bellator. Les vaisseaux scientistes avaient émergé en mode furtif et leurs systèmes de compensation avaient absorbé le choc gravitationnel provoqué par la translation de leurs dizaines de milliers de tonnes. Ce saut confirmait que c'était bien leur système de camouflage dans l'espace normal qui était faillible, car si le Bellator captait les signatures déformées, caractéristiques, de déplacements par poussée gravitiques, il n'avait pas enregistré les ébranlements résultants du saut quantique.

Si en vision normale les navires restaient invisibles, Bella parvenait à les repérer, malgré un flou important, grâce à ses détecteurs récents. Après une correction par imagerie électronique, il était ainsi possible d'identifier ces signatures énergétiques comme des vaisseaux spatiaux. Sorphir fut impressionné par les résultats obtenus par Bella et cela renforça son intérêt de pouvoir étudier rapidement le Randor afin d'améliorer leurs systèmes de furtivité.

Il fallait maintenant attendre, de nouveau, que les filets de captage du Bellator alimentent les condensateurs Verakin pour transiter sur les dix années-lumière restantes. Le dernier croiseur du Bellator émergea à six millions de kilomètres du vaisseau mère et apponta dans la foulée dans l'énorme sphère de combat. Sarian eut une pensée fugitive sur leur situation et espéra que les scientistes seraient de bonne foi, car, s'ils décidaient de détruire leur navire, il n'y aurait plus aucune trace de leur passage dans cette région de l'espace.

*

Pendant ce temps, le Randor avait atteint l'orbite de Polona et amorçait sa descente vers la cote longeant Port Gâal. Les réserves d'énergie Kin étaient au plus bas, mais Klosteran avait privilégié un retour rapide vers la planète. Il comptait sur l'arrivée prochaine du Bellator pour recharger, ultérieurement, ses condensateurs en toute sécurité, car la priorité du moment était de rallier la capitale gâalanaise pour le jugement du cercle.

L'appareil furtif se glissa très lentement dans l'océan, à quelques kilomètres de la côte, afin de ne provoquer aucun remous qui aurait pu alerter d'éventuels senseurs orbitaux. Le vaisseau à peine posé et stabilisé sur le fond, à près de huit cents mètres de profondeur, les trois passagers s'éjectèrent par un sas. Ils avaient revêtu leurs boucliers individuels qui assuraient une étanchéité parfaite et les protégeaient de l'énorme pression de l'eau et des problèmes de décompression.

Ils remontèrent lentement à quelques mètres de la surface et rallièrent la côte à l'aide de petits propulseurs à impulsion dirigée. Sous plusieurs mètres d'eau, la probabilité d'être repéré par un drone de surveillance était quasi nulle, mais ils terminèrent néanmoins leur progression à la nage, dès la cote en vue, afin de ne prendre aucun risque. Ils étaient à environ trente kilomètres de Port Gâal et, bien que le soleil se soit levé depuis plusieurs heures, il n'y avait aucun voyageur sur la grande route longeant l'océan. Ils apprendraient, plus tard, que les raids de pillards avaient considérablement réduit le trafic commercial dans la région.

Ils allaient devoir parcourir la distance jusqu'à Port Gâal à pied, mais cela ne représentait pas un gros effort pour trois Ildarans améliorés aux Nanocrytes de combat et, dès qu'ils eurent posé le pied sur la terre ferme, ils prirent la direction du nord en petite foulée. Baliran était le seul des trois à avoir déjà combattu sur des planètes extérieures et à avoir l'expérience d'une civilisation préspatiale. Il prit donc la tête du groupe, tous les sens en éveil. Les trois hommes ne pouvaient plus compter sur l'aide de l'IA du bord, car, par précaution, ils avaient refusé l'assistance de drones de surveillance. Il y avait trop de risques que les contrebandiers surveillent la région après avoir été deux fois bernés par le Randor.

Ils avaient amerri en début de matinée et, avec un peu de chance, atteindraient Port Gâal pour le déjeuner. Klosteran regarda les données projetées sur ses neurorécepteurs et constata qu'il courait à 13,3 kilomètres à l'heure. Ils longeaient des friches non cultivées et les plantes étaient hautes à cette saison. Le soleil avait commencé à chauffer l'herbe qui dégageait une odeur épicée plutôt plaisante qui tranchait avec l'air artificiel d'un vaisseau spatial. De nombreux sillons étaient visibles, laissant imaginer que des animaux de grandes tailles ou des groupes humains traversaient régulièrement cette lande désolée. Rliostem se souvenait de l'attaque contre le convoi de Sertime et restait sur le qui-vive, car le terrain était propice aux embuscades.

En effet, ils n'avaient pas parcouru plus de quatre kilomètres qu'ils découvrirent une caravane pillée et partiellement incendiée. Il y avait plusieurs chariots renversés et d'autres qui fumaient encore. Le lieu de l'attaque était situé dans une cuvette et les chariots n'avaient pas pu s'échapper, freinés par la déclivité. L'endroit avait été judicieusement choisi, car, outre la déclivité, il y avait, de part et d'autre du chemin, de nombreuses caches pour se dissimuler et quelques arbres offrant des positions idéales pour des archers. Le guet-apens devait remonter à la nuit précédente et ils aperçurent plusieurs hommes morts, mais aucun blessé ni aucune femme. Le parfum âcre de la fumée était encore irritant et se mêlait aux odeurs de sang séché.

- Ils ont été pris par surprise, car il n'y a pas beaucoup de traces de combat. Observa Baliran.

- C'est visiblement courant ce type de pillage, nous avons été témoins d'une attaque lors de notre première arrivée ici. Ajouta Klosteran.

- Lors de notre arrivée dans la région, avec Larsen, il n'y avait pas de hors-la-loi aussi près de Port Gâal, mais, depuis que le roi est affaibli, les pillards se sont rapprochés. Répondit Baliran. Ils deviennent de plus en plus audacieux. Pour en avoir affronté, certains sont de bons combattants, ce ne sont plus de vulgaires détrousseurs de grands chemins. S'ils sont encore à proximité, nous devons être prudents.

- Je ne pense pas qu'ils soient de taille à nous affronter, mais ce serait gênant de devoir utiliser nos pulseurs, acquiesça Klosteran.

- C'est étrange, pour des pillards, ils ont laissé de nombreuses armes et marchandises sur place, constata Rliostem.

- Oui tu as raison, cela ne ressemble pas à des bandits d'attaquer une caravane et de laisser des objets qui ont une valeur marchande. Tenez, ceci est une lame de Damiusin, un village réputé pour la qualité de ses forges. Ici encore il y a des traces de tissus brûlés. Non décidément cela ne correspond pas à des méthodes de pillards. Compléta Baliran.

- Cela ressemble plutôt à une action militaire cherchant à couper le ravitaillement de Port Gâal. Nota Klosteran qui avait fait le tour des chariots.

- Toi, tu penses aux Tâardian, sourit Rliostem.

- D'après Sertime, ils visent le trône non ? Quoi de mieux pour affaiblir un peu plus le roi Mâaspec. Lui répondit son ami.

- Allons, filons d'ici, l'odeur est insupportable. Proposa Baliran.

Ils reprirent leur progression à un rythme soutenu, car il restait encore plus de vingt-cinq kilomètres à parcourir et ils estimaient qu'il leur faudrait encore deux bonnes heures. Après une heure de course, Klosteran proposa de réduire un peu l'allure afin de ne pas risquer de tomber tête baissée dans une embuscade. Ils s'approchaient de la capitale et croisèrent quelques habitations et des champs cultivés, mais aucune trace humaine. Soit les habitants avaient fui, soit ils étaient loin de la route. Baliran confirma que cette partie du royaume était d'ordinaire plus active, surtout en cette saison de semence. Cette absence de présence avait quelque chose d'un peu inquiétant.

À peine deux kilomètres plus loin, la route côtière était barrée par deux arbres couchés en travers et un homme semblait coincé sous les branches. Rendu méfiant par leurs précédentes expériences, Rliostem s'approcha lentement couvert par Baliran et Klosteran qui s'étaient déportés chacun d'un côté de la route et avaient dégainé leurs épées. Un Gâalanais n'aurait rien pu distinguer, tant les agresseurs étaient bien dissimulés, mais les Nanocrytes de combat amplifiaient le spectre visuel de leurs porteurs et, en vision infrarouge, les tâches de chaleur étaient sans équivoque. Il y avait environ trente soudards qui les entouraient, de part et d'autre de la route. Si les gâalanais n'avaient pas encore inventé l'arbalète, ils disposaient d'arcs très efficaces et savaient très bien s'en servir. Les trois Ildarans se préparèrent donc à essuyer plusieurs flèches si leurs détrousseurs découvraient qu'ils avaient été repérés. Ils firent donc mine de secourir l'homme bloqué sous les branches et, profitant de ce répit, étudièrent soigneusement les positions de leurs adversaires. Ils étaient vingt-neuf cela faisait presque à dix contre un. Sans les archers, cela n'aurait pas posé pas trop de problèmes à des hommes capables d'évoluer 1,8 fois plus vite, mais il y avait au moins cinq larrons qui avaient encoché leurs flèches. Klosteran minuta donc soigneusement l'opération et transmit, à l'aide de ses Nanocrytes de communication, l'ordre d'attaque. Ils plongèrent simultanément dans une chute avant parfaitement contrôlée, sortant chacun, d'un mouvement souple, une paire de couteaux de combat. Leurs adversaires n'avaient pas encore réalisé la situation que trois couteaux étaient déjà fichés dans les poitrines des archers les plus proches. Les deux autres reçurent une lame alors qu'ils étaient encore en train de bander leurs arcs. Les attaquants avaient vite réagi et s'étaient jetés sur les trois Ildarans. Mal leur en prit, car les lames de corodrium devinrent des faux mortelles. Les agresseurs étaient visiblement des professionnels, car, malgré la perte de la moitié de leur groupe en moins de quinze secondes, ils revinrent concentrés à l'attaque, tentant d'encercler ces redoutables bretteurs. Ils avançaient avec beaucoup plus de prudence, car ils avaient vu de quoi étaient capables ces étrangers. Le chef de la bande leur proposa de se rendre, mais Klosteran ne lui laissa même pas terminer sa phrase. L'homme avait relâché son attention, pendant une demi-seconde, pensant parlementer, mais les Ildarans plongèrent dans la mêlée et tuèrent trois hommes de plus. Les survivants n'insistèrent pas et prirent la fuite. La mort de leur chef avait dû calmer leurs ardeurs, car, même à sept contre trois, ils ne demandèrent pas leur reste et les Ildarans renoncèrent à les poursuivre. Ils n'avaient pas eu à utiliser d'armes modernes et les survivants ne pourraient que raconter qu'ils avaient affronté des hommes diablement habiles et rapides au sabre, mais rien de plus.

- Ils sont fichtrement bien équipés. Regardez : des épées bien entretenues et des vêtements en bon état. Il ne s'agit pas d'une bande de pillards désœuvrés, mais d'un groupe organisé et formé au combat. Fit remarquer Baliran. Cela ne correspond pas aux brigands que l'on trouve d'ordinaire sur les routes du royaume.

- Cela confirme nos soupçons sur les Tâardian. Ce sont à l'évidence des soldats professionnels. Dommage que nous n'ayons pas pu en capturer un. Regretta Rliostem.

- Filons, il est probable qu'il y en ait d'autres et nous risquons de tomber sur le reste de la troupe. Nous devons rejoindre Sertime au plus vite. Lui saura quoi faire de ces informations. Trancha Klosteran.

Ils reprirent leur course et, durant les dix kilomètres qui leur restaient pour atteindre la ville, ils découvrirent deux autres caravanes pillées.

Ils se présentèrent à la porte sud de Port Gâal, mais, contrairement à leur dernière visite, celle-ci était fermée. On les héla depuis le haut de la muraille extérieure sous la menace de quatre archers.

- Nous sommes des hommes du prince Sertime, il nous attend. Cria Klosteran, n'ayant pas envie de se faire cibler de flèches par erreur.

- Vous voyagez à pied ? Les invectiva, soupçonneux, le chef des gardes.

- Oui. Nous avons été attaqués et nos agresseurs ont fait fuir nos okorox, nous sommes parvenus à nous échapper. S'égosilla Baliran.

- Vous avez eu de la chance d'en réchapper. On a eu beaucoup d'attaques dans la région, les caravanes ne veulent plus passer par la ville. Le dernier ravitaillement date de six jours et il était sous la protection de cinquante soldats royaux. Leur répondit le garde, toujours méfiant.

- Nous avons vu de nombreuses caravanes détruites en venant et nous avons tué plusieurs de nos assaillants. Cria Rliostem.

- Entrez, mais vous allez devoir attendre que l'on vérifie vos identités auprès du prince Sertime, car nous craignons l'intrusion d'espions et nous avons des consignes très strictes du roi. Vous devrez également me remettre vos armes en patientant. Beugla le garde alors que la grande porte s'entrouvrait.

Les trois Ildarans se plièrent, de bon gré, aux exigences de la garde. Il était inutile de provoquer un incident. L'un des hommes partit en direction du palais de Sertime et Klosteran en profita pour questionner les trois autres. Cependant, devant leur méfiance affichée, l'Ildaran préféra finir de patienter en silence. La rue principale était déserte malgré l'heure et Baliran se décala légèrement afin d'avoir une vue directe sur la place du marché, deux cents mètres à l'intérieur de la ville.

Habituellement, celle-ci était animée par des marchands et amuseurs de toutes sortes. Aujourd'hui, elle était pratiquement déserte et seuls quelques passants traversaient l'étendue vide d'un pas vif. Il semblait que la situation ait évalué rapidement depuis leur départ : ce n'était pas une ville en état de siège, mais l'on ressentait une situation extrêmement tendue. La plupart des volets étaient fermés, laissant penser que des habitants avaient déjà fui la ville ou qu'ils s'étaient barricadés chez eux.

L'attente ne fut pas très longue. Il était l'heure de la demi-journée à Port Gâal et Sertime devait être dans son palais pour le déjeuner, car il arriva avec huit de ses gardes, en moins de trente minutes. Ils avaient amené trois okorox supplémentaires et Klosteran songeait qu'ils allaient enfin pouvoir se reposer un peu. Sertime confirma immédiatement l'identité des trois Ildarans et le chef des gardes leur rendit leurs armes avec respect, impressionné que le prince se fût déplacé en personne. Klosteran le remercia et le complimenta pour sa prudence. Visiblement, l'homme était soulagé de ne pas avoir contrarié un important personnage.

- Allons, rentrons au palais, c'est l'heure du déjeuner, vous avez certainement d'importantes histoires à me raconter. Lança Sertime en talonnant son okorox qui partit au petit trot, dans la rue principale de Port Gâal.

Ses gardes lui emboîtèrent le pas et les trois Ildarans montèrent rapidement en selle afin de ne pas se laisser distancer. Rliostem retrouvait la ville telle qu'ils l'avaient laissé quelques jours plus tôt et, malgré le peu de monde dans les rues, il appréciait toujours cette ambiance médiévale. En traversant certaines ruelles, des odeurs mélangées lui rappelèrent d'autres planètes sur lesquelles il était intervenu sous les ordres de l'empereur Verakin. Un moment de nostalgie le traversa, mais Sertime s'engouffrait déjà sous le large porche de son palais et il se hâta à sa suite.

De nombreux hommes attendaient dans la cour de la demeure et se précipitèrent pour prendre en charge les okorox et les ramener dans leurs box. Le marchand pénétra dans sa vaste maison sans s'arrêter en lâchant un simple *suivez-moi*. Il était visiblement mécontent d'avoir attendu sans nouvelle jusqu'à la veille du jour du jugement et l'affichait ouvertement.

Il n'était pas homme à se laisser imposer sa conduite et la situation dans laquelle il s'était retrouvé l'avait rendu irascible.

*

Chapitre 2

Les appareils scientistes attendaient les instructions du collège et Sorphir doutait que les dirigeants de Kriavia autorisent le Bellator à approcher de la planète mère, mais il voulait des consignes précises.

En lui-même, le système de Kriavia était peu intéressant. Il comportait quatre planètes et aucune n'était humano-compatible. De plus, il n'y avait aucune présence de minerais précieux. Les scientistes avaient choisi volontairement ce système, car il n'attirait pas l'attention, en effet, depuis la création, deux mille ans plus tôt, de la première base, aucun vaisseau n'avait approché le système à moins de cinquante années-lumière.

Des équipes de recherche avaient prospecté dans un rayon de cent années-lumière à l'intérieur de l'amas des Pléiades et avaient découvert plusieurs sources de minerai de corodrium, c'est ainsi qu'ils avaient pu construire leurs vaisseaux de combat. Ceux-ci auraient été incapables de soutenir la comparaison avec les flottes de guerre d'Ildaran, mais étaient suffisamment puissants pour repousser une puissance régionale, même bien armée.

Mélanie et Paul étaient totalement excités à l'idée de poser le pied, pour la première fois, sur une planète étrangère. Ils écoutaient distraitement les échanges entre Sorphir et les Ildarans présents dans le salon, mais leurs yeux étaient rivés sur les projections holographiques qui reproduisaient l'espace sur des dizaines d'années-lumière aux alentours. Les deux heures d'attentes nécessaires au rechargement des condensateurs leur parurent une éternité et, quand Bella annonça enfin qu'il s'apprêtait à transiter, ils ne tenaient plus en place. La sonde messagère revint avec des instructions pour Sorphir.

- Comme je le pensais, le collège souhaite que votre bâtiment reste en orbite de la quatrième planète. Nous vous prendrons à bord de l'une de nos navettes pour vous accompagner sur notre planète capitale. Annonça celui-ci.

- Nous comprenons cette position. Si vous n'y voyez pas inconvénient, une partie de mon équipage restera à bord. Répondit Sarian, alors que le Bellator émergeait au large du système de Kriavia.

Malgré ses puissants senseurs actifs, Bella ne détectait pas l'étoile. Mais comme avec les vaisseaux scientistes, l'anomalie gravitationnelle du système restait très légèrement perceptible. La distance était probablement trop grande jusqu'aux planètes pour que les senseurs du Bellator parviennent à collecter d'autres informations utiles.

Sorphir leur transmit des données de navigation et le Bellator suivit les trois vaisseaux qui le précédaient. Pendant ce temps, la conversation se poursuivait.

- Je vous comprends, Sarian, nous avons besoin de temps pour apprendre à nous faire confiance. Qui proposez-vous pour rencontrer notre collège ? s'enquit Sorphir.

- Trois de mes hommes et moi-même. Lui répondit l'Ildaran, sans hésitation.

- Il va être difficile de faire accepter qu'un Verakin soit encore en vie s'il ne vient pas avec vous. Laissa entendre le scientiste, déçu par la proposition de Sarian

- Je comprends votre déception, mais Ishar est unique et il catalyse trop d'enjeux. Sa sécurité est vitale et je ne sais pas ce que pourraient imaginer vos dirigeants… Objecta Sarian, un ton sans appel.

- Sarian, ne crois-tu pas que cette décision me revienne ? intervint Paul avec beaucoup de diplomatie, afin de ne pas le froisser.

La remarque du garçon jeta un froid dans la pièce. Sarian ne pouvait pas s'opposer à son empereur et Oria se fit toute petite, prise d'une envie de rire.

- Le jeune Verakin a du caractère, concéda Sarian, mais sa sécurité dépend de nous et je ne possède pas assez d'information sur Kriavia. Répondit rapidement l'Ildaran, afin de couper l'herbe sous le pied de Sorphir qui s'appétait déjà à renchérir.

- Cette responsabilité t'honore Sarian, mais, une fois encore, je suis seul juge de mon avenir et j'ai décidé de rencontrer le collège des scientistes. Je suis persuadé que tu sauras assurer ma sécurité à terre. Paul se tourna vers le scientiste Sorphir mes conditions sont simples : tous mes hommes devront restés armés et avec tout notre équipement de combat.

Jusqu'ici, Paul s'était totalement laissé guider par Sarian, mais il venait, à cet instant, d'affirmer sa position d'héritier de l'Empire. Et pour sa première prise d'autorité, Paul s'en était remarquablement bien sorti, à tel point qu'Oria faillit laisser apparaître un sourire admiratif. De son côté, Darin buvait du petit lait : Paul semblait avoir réussi à obliger les scientistes à les laisser atterrir avec leur armement, car ils ne pouvaient pas exiger une confiance unilatérale.

L'Ildaran songeait que les facultés de Paul, totalement inconnues des scientistes, pourraient également les aider à mieux comprendre ce peuple et améliorer les négociations.

- JE REÇOIS UNE COMMUNICATION DE KRIAVIA POUR SORPHIR. Les alerta l'IA.

- Transmets-la sur l'holocom du salon, Bella. Ordonna Sarian. À moins que vous ne souhaitiez vous isoler, Sorphir.

- Non, merci, Sarian. Je pense que ces informations vous concernent sinon le collège m'aurait contacté sur mon communicateur personnel. Tu peux transmettre Bella. Cela me fait drôle d'interagir avec une IA par un prénom. Sourit le scientifique.

La projection holographique apparut au centre de la pièce et tous découvrirent la salle du collège. Un individu habillé sobrement, sans signe distinctif, était assis au centre. Il se leva pour saluer les Ildarans et son regard s'attarda tout particulièrement sur Paul.

- Salutation de Kriavia. Je me nomme Quirtan et occupe provisoirement le rôle de porte-parole du collège. Pardonnez cette interruption, mais nos senseurs-espions, placés dans le système d'Ildaran, ont d'enregistré l'appareillage d'une flotte de cent dix croiseurs de combat, il y a maintenant cinquante heures. D'après les ébranlements de structure, le saut quantique était d'au moins quatre cents années-lumière. On peut supposer que la destination finale est située au-delà des frontières de l'Empire. Êtes-vous certain de ne pas avoir été découvert ? Ce serait fâcheux que vous ayez amené les impériaux ici.

- Salutation aux scientistes, répondit Paul suffisamment rapidement pour que Sarian n'ait pas le temps d'intervenir.

Décidément, il s'affirme, pensa Oria. Nous allons avoir des moments difficiles.

- Les impériaux n'ont pas pu nous suivre, Quirtan. À moins qu'ils ne disposent de technologies inconnues et non installées sur ce vaisseau. Il est plus vraisemblable qu'ils se rendent à notre dernier point de contact. Ils doivent être informés que notre navire est endommagé et que nous ne pouvons pas transiter sur de longues distances. Ils vont probablement explorer toutes les étoiles depuis le système d'Epsilon Eridani en direction du centre de la Voie Lactée. La vraie question est de savoir si votre système peut rester dissimulé à cette flotte de recherche. Reprit Paul.

- Nous ne risquons rien dans le système de Kriavia, mais s'ils sont équipés de détecteurs, nouveau modèle, comme ceux de votre bâtiment, nos vaisseaux, à l'extérieur, pourraient être repérés. Je vais ordonner immédiatement que tous nos navires reviennent dans notre système. Aurons-nous le plaisir de vous voir sur notre sol, majesté ? s'enquit Quirtan.

- Vous aurez, Quirtan, vous aurez. Nous en discutions justement avec Sorphir. Je crois qu'il reste quelques détails à régler, mais rien d'insurmontable, j'en suis persuadé. Ajouta Paul en se tournant vers le scientiste, situé à sa gauche.

- J'en suis ravi. Je vais préparer votre arrivée et faire mettre en place quelques mesures de sécurité. Répondit le porte-parole du collège.

- L'empereur légitime court-il des risques à débarquer sur votre planète ? intervint négligemment Sarian, vite remis de sa surprise de voir Paul prendre les commandes. Je crois comprendre que l'opinion de votre population est plutôt défavorable aux Seravon.

- En effet, nous sommes hostiles aux Seravon, mais cela ne signifie pas que nous souhaitions tous revenir au sein de l'Empire, même dirigé par un Verakin… Certains d'entre nous se sont habitués à l'indépendance et voir débarquer sur notre sol un héritier impérial, revenu du néant, pourrait aiguiser quelques craintes. Inutile de prendre des risques, ne trouvez-vous pas ? répliqua, très diplomatiquement, le porte-parole du collège scientiste.

- Vous avez raison et c'est pourquoi j'ai expressément précisé à Sorphir que tous mes hommes devront rester armés. J'ai la responsabilité d'Ishar Verakin et il ne mettra pas les pieds sur votre planète si je n'ai pas l'assurance de pouvoir le protéger. Exigea Sarian.

- Je comprends parfaitement votre position, capitaine Sarian. Soupira Quirtan en baissant la tête, l'air embarrassé. Malheureusement, notre législation est formelle : aucun civil sur Kriavia n'a le droit de porter une arme. Nous sommes tous des scientifiques et cet article de loi fait partie intégrante de notre constitution. Je ne peux rien y changer. Je vous assure que nous allons vous attribuer nos meilleurs éléments en qui j'ai toute confiance

- Mais nous ne sommes pas des civils. Nous sommes des diplomates ! Objecta Sarian.

- Le cas ne s'est jamais présenté, vous vous en doutez, mais il a été prévu et même les représentations diplomatiques n'ont pas le droit d'être armées sur Kriavia. Je crains que vous ne deviez vous résoudre à venir sans armes. Rétorqua le scientiste, l'air navré.

La situation semblait bloquée, car Sarian refusait catégoriquement de débarquer sur une planète inconnue sans pouvoir assure lui-même la protection d'Ishar. De son côté, Quirtan était contraint par les lois de sa constitution. Paul prit donc la décision de céder et indiqua que la délégation Verakin descendrait sans armes, mais en costume officiel. Sarian, sans connaître de costume officiel à Paul, fulminait, mais il ne pouvait pas s'opposer ouvertement à son empereur, surtout devant d'autres personnes, sans remettre en cause son allégeance aux Verakin. La communication fut coupée et Sarian, furieux, apostropha immédiatement le garçon, malgré la présence de Sorphir.

- Si tu mets sans arrêt ma parole en doute, il est préférable que tu me retires mes attributions. Lança-t-il vexé.

- Voyons Sarian. Il ne servait à rien de s'entêter. Ils n'auraient pas cédé et nous avons un impérieux besoin de condensateurs neufs. Sans compter toutes les nouvelles technologies qui pourraient être installées sur le Bellator. Puis Paul ajouta discrètement, à l'insu du scientiste : j'ai accepté que nous ne portions pas d'armes cela ne signifie pas que nous viendrons sans moyens de défense. Je décrète ce jour que les uniformes de ma nouvelle garde comporteront des poignards d'apparats en Arkrit. Avec des boucliers Horlzson, nous ne serons pas totalement démunis.

Sarian esquissa un sourire et apprécia le petit tour de Paul, joué à Quirtan. Le jeune homme apprenait vite…

La petite flotte s'approchait de la barrière stellaire entourant le système de Kriavia et une ouverture, de trois kilomètres de diamètre, apparue devant le navire de tête. Deux cent mille kilomètres en arrière, le Bellator suivi le vaisseau scientiste et traversa, à son tour, la limite de protection. Lorsque le dernier croiseur eut traversé, la barrière se reforma. Les senseurs de Bella laissaient apparaître un léger scintillement, mais les étoiles restaient visibles. Le bouclier stellaire laissait donc passer la lumière dans un seul sens. Les Ildarans étaient impressionnés par cette technologie capable d'ériger un champ énergétique englobant tout un système solaire. L'énergie nécessaire à son fonctionnement devait être colossale. D'où provenait-elle ? L'isolement des scientistes leur avait visiblement fait faire un bond technologique considérable.

Maintenant qu'ils étaient à l'intérieur du système, les senseurs du Bellator détectaient la présence des quatre planètes. Kriavia était la seconde. La plus proche du soleil était une petite planète gazeuse, de la taille de mars, comparable à Venus. Les trois autres étaient des planètes telluriques. La troisième planète était recouverte de glace et avait dû être plus chaude dans le passé, lorsque l'étoile était plus jeune. Sarian pensa qu'il serait intéressant de vérifier s'il n'y avait pas quelques traces de vie fossilisée. Malgré la distance, les senseurs du bord enregistraient une température au sol de -143 degrés Celsius sur la face éclairée et de -216 degrés sur la face sombre.

Sorphir demanda à Sarian de suivre un cap vers la quatrième planète. Il semblait que ce soit le point de rassemblement de la flotte locale, car Bella détectait plusieurs ports spatiaux et un intense trafic orbital. Bella suivit les données communiquées par Sorphir et le Bellator se vit attribuer un vecteur de vol menant à une énorme base orbitale où étaient amarrés cinq croiseurs de combat, une vingtaine de vaisseaux civils ainsi qu'une multitude de petites navettes.

Malgré la distance de 2,2 milliards de kilomètres, les détecteurs du Bellator permettaient de distinguer parfaitement leur destination. Il s'agissait d'une énorme sphère de dix kilomètres de diamètre avec, à son équateur, un demi-anneau l'entourant comme une ceinture arrondie. Accrochés, à cet anneau, comme de gigantesques épines épointées, il y avait dix excroissances en forme de flèches de huit cents mètres de long. Sur cinq de ces flèches étaient amarrés des navires spatiaux, cinq par flèche. Il y avait vingt-cinq autres emplacements disponibles, laissant penser que cette base pouvait accueillir simultanément jusqu'à cinquante appareils.

- Il s'agit de notre base spatiale principale. Précisa Sorphir. Notre flotte est petite, mais, comme nous misons sur la furtivité de notre système, nous n'avons pas besoin de grosses capacités militaires. Cette station regroupe le commandement de la flotte et est utilisée également par les navires civils. De nombreuses familles de navigants vivent ici.

- J'AI UNE COMMUNICATION ENTRANTE QUI ME TRANSMET DES PRECISIONS SUR LE DEBARQUEMENT. LE COMMANDANT DE LA BASE SOUHAITE EGALEMENT VOUS PARLER. Le coupa Bella.

Bien que le vaisseau soit encore très éloigné de leur lieu d'amarrage, les autorités de la quatrième planète semblaient impatientes de prendre langue avec l'héritier Verakin. La représentation holographique d'un Ildaran apparut. L'homme était brun aux yeux verts, cheveux mi-longs. Sarian songea qu'il était probablement originaire des planètes Urtiana ou Hertocha. Il était vêtu d'un uniforme vert pâle qui semblait être la couleur officielle de la république de Scienty. Son allure était typiquement militaire et détonnait largement avec le style très policé de Sorphir. Il plut immédiatement à Sarian.

- Bonjour et bienvenue dans le système de Kriavia. Je suis le commandant Livion et je serai ravi d'accueillir l'empereur à bord de notre cité orbitale. Comme vous devez vous en douter, les docks d'appontement n'ont pas été conçus pour accueillir un bâtiment aussi important que le vôtre, mais nous avons prévu de l'arrimer avec des grappins gravitiques. Un cordon de débarquement sera relié à votre vaisseau afin de vous permettre de prendre pied sur la station, sans avoir à sortir dans l'espace. Je vous attendrai personnellement sur le dock.

- Bonjour, commandant Livion. Je suis le commandant Sarian, en charge de la sécurité de l'empereur Verakin. Nous serons à l'approche de votre station dans cinq heures. Je suis heureux de vous rencontrer et je compte sur vous pour prendre en charge la protection de l'héritier, puisque nous ne pouvons pas rester armés.

- J'en suis désolé moi-même, commandant. Mais sur Kriavia, il n'y a pratiquement que des scientifiques et ils ont horreur de la violence et des armes. La Constitution a été érigée en ce sens. Rassurez-vous, j'ai détaché une unité de vingt de mes meilleurs hommes qui seront dédiés à sa sécurité. Je vous détaillerai tout cela à votre arrivée, répondit fort poliment le militaire scientiste.

- Merci commandant, je débarquerai le premier, fit Sarian en le saluant selon les méthodes en vigueur dans l'Empire. Livion lui rendit son salut d'une manière impeccable et la communication fut coupée.

Sarian nota que Livion avait donné le titre d'empereur à Paul, ce qui laissait entendre qu'il lui reconnaissait la légitimité du trône. Son salut militaire penchait en sa faveur et Sarian se réjouissait de faire sa connaissance.

- Le commandant Livion est l'un des rares militaires de carrière dans notre système. Il faisait partie de la flotte spatiale et était fidèle aux Verakin. Lorsque l'insurrection a éclaté, il a déserté et nous l'avons trouvé par hasard lors d'une opération de secours de scientifiques sur Amaridinia. Vous pouvez lui faire confiance. Ajouta Sorphir.

Les propos du délégué scientiste confortaient la première impression de Sarian.

Comme il restait encore cinq heures avant d'être en orbite autour de la quatrième planète, Oria proposa que chacun se repose un peu et prépare ses affaires personnelles, car ils allaient probablement être absents du Bellator pendant plusieurs jours locaux. En réalité, aucun d'entre eux n'avait réellement d'affaires personnelles, mais cela laissait le temps, aux mini-fab, de fabriquer les uniformes intégrants des lames en Arkrit et des boucliers. Sarian avait prévu que seuls Darin, Oria, Telius et lui, accompagnent Paul. Mélanie protesta vigoureusement, mais Sarian fut intraitable : pas question de prendre le moindre risque. Les autres membres de l'équipe avaient l'habitude de l'autorité et n'émirent aucune protestation.

Pendant ce temps, Irias servit de guide à Sorphir et lui fit visiter le Bellator. Il était convenu de se retrouver deux heures plus tard pour se restaurer dans la grande salle à manger du bord.

Paul passa les deux heures à parlementer avec Mélanie, qui ne décolérait pas. Les évènements s'étaient enchaînés tellement vite qu'ils n'avaient pas eu beaucoup de temps pour échanger depuis leur départ de la Terre. Ce fut un moment particulier d'imaginer qu'il y avait encore une quinzaine de jours ils étaient étudiants à Paris, loin de se douter de leur avenir. Leurs familles leur manquaient, surtout Alex, qui était mort pour avoir été au mauvais endroit, au mauvais moment.

Se savoir séparée de son compatriote, même provisoirement, angoissait Mélanie. Elle avait accepté de suivre Paul dans l'espace, mais n'imaginait pas se retrouver isolée. Sans être pessimiste, elle craignait qu'il n'arrive quelque chose au garçon et de se retrouver la seule terrienne. Elle semblait tellement désemparée que Paul finit par se laisser convaincre de l'accompagner.

- Maintenant, il va falloir que je vende ça à Sarian. Il va encore être contrarié. Déjà que le fait de devoir atterrir désarmé lui déplaît singulièrement.

- Cela ne change pas grand-chose que je vienne ou non. Contre-attaqua la jeune fille.

- Si. Car il va devoir t'affecter un garde du corps et nous serons donc deux de plus, rétorqua le jeune homme.

En effet, lorsque les adolescents rejoignirent le reste du groupe pour la collation, Sarian ne fut pas ravi de la décision de Paul. Il n'avait rien contre la jeune fille, s'étant plutôt pris d'affection pour elle, mais sa présence allait compliquer la sécurité de l'héritier Verakin. Il demanda à Pallaron d'assurer sa protection en précisant que leur rôle principal était la sécurité de l'héritier. Sarian insista sur ce point, en présence des deux jeunes gens, pour bien leur faire comprendre qu'en cas de problème, ils ne seraient pas traités équitablement. Paul était contrarié par la réaction de Sarian, mais Mélanie la comprenait et le calma aisément.

- Allons, avec tes pouvoirs de super héros, tu nous tireras de tout. Je ne m'inquiète pas, conclut la jeune fille, néanmoins un peu vexée de ne pas être considérée comme l'égale de Paul.

- Merci, mais je ne suis pas invulnérable non plus. Au fait, tu ne ressens pas de séquelles de l'injection de Nanocrytes ? demanda le garçon assez bas pour que les autres n'entendent pas.

- Non, rien du tout. Et toi ?

- J'ai explosé mon verre à dents ce matin, mais je n'ai rien dit à Sarian. À part cela aucun symptôme alarmant. Chuchota Paul en retour.

- Que pensez-vous de ces scientistes ? interrogea l'adolescente, reprenant un ton normal pour changer la conversation et tenter de dissiper le malaise causé par sa venue dans la délégation Verakin.

Comme souvent, c'est Sarian qui répondit.

- Pas grand-chose pour le moment. Ils n'ont pas l'air de nous être hostiles, mais nous avons découvert leur sanctuaire et ils pourraient vouloir nous faire disparaître. D'un autre côté, s'ils ont développé de nouvelles technologies, nous pourrons certainement nous entendre pour qu'ils nous aident à réparer le Bellator.

- Il en aurait bien besoin d'après ce que j'ai vu sur les projections holocom. Ajouta la jeune terrienne.

- Bella affirme que c'est impressionnant à voir, mais qu'elle dispose de toutes les ressources pour réparer intégralement le vaisseau. Il suffit d'accéder à des sources de minerais et les usines intégrées fabriqueront tout ce qui sera nécessaire. Le plus délicat : c'est les condensateurs. C'est pour cela que j'ai accepté de descendre à terre. Il faudrait que les scientistes acceptent de nous en céder quatre. Intervint Paul.

Le Bellator était encore à soixante-douze minutes lumière de la quatrième planète, mais les senseurs à longue portée permettaient déjà d'afficher des images précises sur les projections holographiques de la salle à manger. Sorphir vint les rejoindre accompagné d'Irias.

Les deux adolescents ne s'en aperçurent pas, car ils étaient captivés par les images provenant des senseurs à intrication. Il y avait de nombreux dômes d'habitation à la surface de la quatrième planète et, même si les aménagements ne semblaient pas à la hauteur de ceux que Sorphir leur avait décrits sur Kriavia, ces villes sous dômes devaient déjà offrir un confort largement supérieur à celui d'une base dans l'espace.

De leur position, ils pouvaient également apercevoir la cité orbitale dans son intégralité et elle paraissait gigantesque aux yeux des deux terriens. Sarian leur affirma pourtant qu'elle était minuscule au regard de certaines bases militaires impériales.

La station scientiste ressemblait à une sphère parfaite, hérissée de pointes sur tout le pourtour de l'équateur. En zoomant, ils purent constater que la base était en fait scindée en deux dômes accolés entourés d'une ceinture arrondie. C'est vers cette ceinture et les emplacements vides que se dirigeait le Bellator.

Des androïdes apportèrent plats chauds et boissons et Paul découvrit soudainement qu'il avait faim. Apparemment, il n'était pas le seul, car tous les Ildarans se servirent copieusement à manger et à boire. Sorphir fut ravi de retrouver des spécialités ildaranes, car, si les scientistes faisaient encore quelques incursions dans l'Empire pour exfiltrer quelques scientifiques, ils ne prenaient pas le risque d'organiser des expéditions pour importer des denrées alimentaires.

Le déjeuner se déroulait tranquillement lorsque Bella intervint.

- COMMANDANT, NOUS AVONS EU UNE SURCHAUFFE DU CONDENSATEUR TROIS, J'AI DU LE DESACTIVER.

- Cela handicape beaucoup nos performances ? s'enquit l'Ildaran.

- PAS EN VOL NORMAL, MAIS CELA RACCOURCIRA ENCORE NOS CAPACITES DE SAUTS QUANTIQUES.

- De combien ? soupira l'Ildaran un peu découragé par tous ces problèmes.

- NOUS SERONS LIMITES A HUIT ANNEES-LUMIERE.

- Enfer ! À cette allure, il va nous falloir plusieurs semaines pour rallier Polona. Sarian s'était levé sous le coup de la contrariété. Il devenait impératif que les scientistes les dépannent sinon ils allaient devoir abandonner le Bellator. *Il va falloir négocier serré*, songea le chef des Ildarans.

- NOUS AVONS ENCORE LA POSSIBILITE DE REMPLACER LE CONDENSATEUR TROIS PAR CELUI D'UN DES CINQ CROISEURS OPERATIONNELS.

- Merci, Bella, nous aviserons lorsque nous serons amarrés à la base orbitale scientiste, répondit l'Ildaran d'un ton neutre de manière à ne laisser transparaître aucune contrariété vis-à-vis de Sorphir.

Décidément, leur périple interstellaire n'était pas de tout repos et Sarian espérait que la prochaine surprise serait meilleure.

Le vaisseau se rapprochait lentement de la station orbitale et le nombre d'appareils augmentait singulièrement. Le Bellator devait maintenant se mouvoir dans des couloirs de vols attribués par le contrôle spatial. Le gros porte-croiseurs se faufilait entre les vaisseaux qui orbitaient autour de la planète et se rapprochait de son point d'amarrage.

Le responsable du trafic de la base avait imposé que les croiseurs du Bellator, en état de naviguer, soient amarrés séparément afin de réduire la masse du vaisseau mère. Il craignait en effet que le gros navire ne déstabilise l'équilibre orbital de la station spatiale malgré le système automatique de lestage gravitationnel. Cinq des croiseurs du bord s'élancèrent donc dans l'espace et allèrent s'amarrer à l'un des pontons spatiaux. Le Bellator se positionna à l'extrémité d'un ponton vide et fut rapidement immobilisé par des grappins à gravitation dirigée. Bella annonça qu'un cordon de débarquement était en train d'être sécurisé et que tous pouvaient se retrouver au sas numéro 24.

Ils empruntèrent, à tour de rôle, des œufs de transport pour se rendre au sas de rendez-vous.

La délégation avait pris le temps de se changer et Sorphir découvrit les uniformes de la garde de Paul avec un peu d'irritation. Non pas que l'élégance de ceux-ci soit à critiquer, les minifabs de Bella avaient fait de l'excellent travail. Les uniformes, sur-mesure, aux couleurs des Verakin : bleu cobalt et argent, leurs donnaient un air impérial, mais la présence de poignards bien visibles, même à manches bleu et noir agaçait le scientiste. Et que dire du magnifique Katana de Paul ? Mais malgré un agacement évident, le scientiste ne fit cependant aucun commentaire.

Le cordon de débarquement vint se fixer à la coque extérieure du Bellator et la pression atmosphérique fut aussitôt équilibrée. L'épaisse double porte coulissa sans bruit et ils pénétrèrent dans le sas de sortie. La paroi interne du sas à peine refermée, la porte extérieure commença à s'ouvrir. Malgré l'équilibrage atmosphérique régulé, la différence infime dans la teneur de l'air respirable provoqua un léger chuintement. Paul et Mélanie avaient une certaine appréhension à l'idée de quitter le gros vaisseau qui les protégeait depuis leur départ de la Terre. Ils allaient fouler un sol extraterrestre pour la première fois et la jeune fille tenait le bras de Paul, semblant s'y accrocher comme à une bouée, malgré sa curiosité irrésistible de découvrir la base scientiste.

Sarian s'était avancé en tête et reconnu le commandant Livion. Celui-ci les attendait avec une troupe de vingt gardes en uniforme. Ils portaient tous un pulseur à aiguille et un couteau en Arkrite à la ceinture. Deux d'entre eux tenaient même de puissants disrupteurs moléculaires lourds. Le commandant de la station orbitale aperçut les armes d'apparat des arrivants, mais ne fit aucune remarque même si on percevait son amusement. En fait, il était surtout impatient de rencontrer l'héritier Verakin. Sans l'avouer ouvertement, il ne croyait encore qu'à moitié qu'un Verakin ait pu survivre à l'extermination de la famille, orchestrée par les Seravon.

Voir réapparaître un héritier direct de la puissante maison Verakin après plus de dix-sept années avait quelque chose d'un peu miraculeux.

L'arrivée dans le système de ce garçon avait fait la une de tous les médias et les opinions étaient partagées. Néanmoins, le commandant Livion voulait y croire, car au fond de lui-même il l'espérait secrètement depuis presque dix-sept années ildaranes.

Paul était encadré étroitement par Oria et Darin et la jeune femme conservait une communication mentale permanente avec lui.

- [Peux-tu les sonder ?] s'enquit l'Ildarane.

- [C'est fait. Aucune hostilité, des interrogations et de grands espoirs chez Livion] répondit l'adolescent.

- [Au moindre évènement suspect, enclenche ton bouclier. Je préfère froisser nos hôtes plutôt que de te voir blessé ou tué. C'est bien compris ?]

- [Oui maman], répondit Paul laissant échapper mentalement une forme d'ironie. La jeune Ildarane lui renvoya un regard faussement courroucé.

Sarian s'avança franchement et salua Livion, le poing sur le cœur, selon l'usage dans l'Empire. Ce dernier limita son salut à la perfection et s'avança immédiatement vers Paul en le dévisageant attentivement. Ce dernier, qui lisait presque à livre ouvert dans son esprit et enregistrait une intense curiosité. Visiblement, l'homme s'interrogeait sur l'identité véritable de Paul.

- Majesté, je suis enchanté d'être le premier à vous accueillir sur le sol de la république de Scienty. Je suis chargé, avec mes hommes, de vous conduire directement sur Kriavia, notre planète capitale. Nous allons rejoindre le hall de départ des navettes intrasystème. Un transport privé nous attend, si vous voulez me suivre, fit-il en s'effaçant pour offrir l'accès libre à la délégation.

- Ravi de vous rencontrer lieutenant Livion. Je suis sûr que vous vous acquitterez de cette mission avec éclat. Je perçois en vous un homme d'honneur. Répondit intentionnellement Paul.

Les aptitudes psychiques des Verakin étaient connues dans tout l'Empire, mais Livion ne put s'empêcher de tiquer légèrement.

Il ne répondit pas et s'inclina puis se retourna pour prendre la tête de leur petit groupe. Il était suivi par cinq de ses hommes qui semblaient un peu nerveux. Sarian et Telius marchaient côte à côte, suivis par Paul, entouré d'Oria et de Darin. Mélanie et Pallaron collaient le groupe de Paul et les quinze autres gardes de Livion fermaient la marche. Ils se dirigeaient vers la sphère centrale et, après une dizaine de mètres à pieds, Livion leur proposa de monter dans une sorte de glisseur capable d'accueillir une quarantaine de personnes réparties en huit rangées de cinq sièges. Livion leur expliqua qu'ils allaient rejoindre le hall principal puis se diriger vers un terminal d'embarquement pour prendre une navette vers Kriavia. Le glisseur se mit automatiquement en mouvement, dès que tout le monde fut à bord.

À une question de Mélanie, Livion lui répondit que le contrôle du glisseur était assuré par l'IA chargée des transports à l'intérieur de la station. Tout était piloté par l'IA afin d'éviter les accidents.

Ils se déplaçaient, sans un bruit, à une vitesse que Paul estima à trente ou quarante kilomètres-heure. Au bout de quelques secondes, le transport stoppa devant une large porte vitrée qui s'ouvrit sur un large hall où se croisaient d'autres appareils, plus ou moins gros et des milliers de piétons. Leur véhicule ralenti considérablement, ce qui permit à Paul d'observer leur environnement. Il y avait des individus habillés luxueusement, d'autres en tenus plus simples, quelques enseignes holographiques qui faisaient penser à des magasins. Paul se serait cru dans une grande gare, d'une métropole terrienne, mais la vue, à travers de larges baies vitrées, ne laissait néanmoins aucun doute : ils étaient bien dans l'espace.

Leur groupe suscitait l'étonnement, car il était peu fréquent de voir des civils encadrés par des gardes du collège. Certains passants s'arrêtaient même pour les observer et Paul surprit plusieurs conversations autour du nom Verakin. Il ouvrit son esprit à ce brouhaha mental afin de sentir l'état d'esprit de ces scientistes. Il sentait une grande curiosité, plutôt de la sympathie, mais il ressentit également quelques contacts hostiles sans pouvoir en isoler les sources. Il se promit d'avertir Sarian, car ils n'étaient peut-être pas en terrain absolument amical.

Après plusieurs minutes, Paul comprit que ce hall était en fait le demi-anneau qui ceinturait la sphère de dix kilomètres de diamètre. Ce hall de gare était donc gigantesque, Paul calcula qu'il faisait plus de soixante-dix-huit kilomètres de circonférence.

Ils arrivèrent enfin près d'un terminal réservé aux navettes privées. Cette partie de l'anneau était moins encombrée et ils purent descendre de leur glisseur sans être gênés. Livion les fit pénétrer dans une salle et dès que la porte fut refermée, un sas apparu dans le mur opposé. Ils entrèrent dans la navette qui prit le départ dès que tout le monde fut à bord, sans même attendre qu'ils soient tous installés.

Comme avec tous les transports ildarans, Paul ne ressentit aucune accélération. Pourtant il vit, grâce aux projections holographiques du bord, à quelle vitesse ils s'éloignaient de la station orbitale. Il eut le temps de revoir l'une des faces de la sphère qui, cette fois-ci, était éclairée par le soleil scientiste. Il pouvait apercevoir un paysage vallonné avec des habitations regroupées au centre du dôme. Il s'agissait donc d'un petit monde artificiel en plein espace. Mais la navette avait déjà accéléré à quarante pour cent de la vitesse de la lumière et la station orbitale ne fut très vite qu'un point lumineux de plus dans le noir de l'espace.

Kriavia était, à ce moment, à six cent quatre-vingt-dix millions de kilomètres de la quatrième planète du système scientiste et, malgré leur technologie, il faudrait environ une heure quarante pour arriver en orbite de la seconde planète. Paul se serait cru dans un avion terrien, les hublots en moins. La place était comptée et il dut caser son katana devant lui, du mieux qu'il put. Comme dans un train terrestre, il ne pouvait pas parler facilement avec les membres de son groupe. Mélanie s'était assise à ses côtés, mais Sarian avait insisté pour placer Oria sur son autre flanc. Sécurité, sécurité …

La petite navette naviguait sans bruit dans l'espace sans se douter qu'une frégate puissamment armée venait de s'élancer, à leur rencontre, depuis la troisième planète. L'appareil était occulté derrière un écran furtif et tous ses systèmes d'armes et ses senseurs de poursuite étaient verrouillés sur le petit transport civil.

*

Chapitre 3

Les trois Ildarans entrèrent, à la suite de Sertime, dans la grande salle à manger du palais. Comme ils l'avaient imaginé, le marchand était en train de déjeuner : les couverts étaient disposés et certaines assiettes étaient encore pleines de nourriture. Les différents convives avaient dû être priés de quitter la table, car la salle était totalement vide. Sertime demanda à ses hôtes s'ils avaient mangé et, après une réponse négative, ordonna que l'on apporte des plats chauds et que l'on ne les dérange plus.

L'attente fut de courte durée : quatre serviteurs débarrassèrent rapidement les assiettes sales, en disposèrent de nouvelles, et des plats de viandes et de légumes leur furent servis. Sur un geste de Sertime, l'intendant principal quitta la pièce en dernier et referma la double porte derrière lui. Baliran était persuadé qu'il resterait derrière les vantaux, tant que son maître ne l'appellerait pas.

- Bien, Messieurs, il est temps de me racontiez votre histoire. Ordonna Sertime encore irrité.

Rliostem lui narra qu'ils avaient dû rejoindre leur chef dans le sud du continent et qu'ils avaient emprunté un bateau îlien. Il conta comment ils avaient traversé de nombreux villages dévastés, non loin de la capitale, et insista sur l'organisation manifestement militaire des pillards.

Afin de ne pas laisser trop d'ouverture à Sertime, sur leur soi-disant périple, Klosteran renchérit sur le professionnalisme des bandits qui les avaient attaqués et ils confièrent leurs soupçons envers les Tâardian. Comme ils l'avaient imaginé, le sujet souleva aussitôt l'intérêt du prince marchand et le détourna de ses questions sur la partie de leur voyage qui ne le concernait pas directement.

- Nous nous doutons depuis le début que le duc est derrière ces pillages, mais le roi ne peut pas intervenir tant que la grande partie de son armée est en exercice aux frontières Est du royaume. Tâardian a bien manœuvré, car l'armée est dispersée et faire revenir plusieurs milliers d'hommes avec l'intendance prendra plusieurs semaines. D'ici là, si le roi ne réagit pas, nous serons isolés et sans nourriture. Le duc aura beau jeu d'intervenir et revendiquer la main de la fille de Mâaspec, pour son fils Tâargrien, s'il donne l'impression d'être un libérateur. Maudit soit-il ! jura le polonian.

- Dans ce cas, pourquoi ne pas constituer une force mobile et traquer ces renégats ? Nous en avons éliminé un bon nombre et nous pouvons recommencer. Si nous parvenons à affaiblir leurs forces, le duc sera obligé de revoir son plan, suggéra Klosteran.

- Malheureusement, le roi ne dispose plus que de deux cents gardes et il serait hautement risqué de dégarnir la ville de cette protection. Il a déjà perdu plus de cinquante hommes dans des échauffourées avec ces pillards, lui objecta le prince marchand.

- Notre chef est en route avec nos hommes, je suis sûr qu'il sera ravi d'aider le roi à sécuriser les environs de Port Gâal. Intervint Rliostem.

- Quand pensez-vous qu'il sera ici ? s'enquit Sertime, visiblement intéressé.

- Vraisemblablement d'ici une douzaine de jours au plus tard. Avança prudemment l'Ildaran.

- J'espère que ce ne sera pas trop tard. Mais pour le moment, concentrons-nous sur le jugement de demain, car vous allez devoir affronter chacun un homme du duc. De nombreux gardes sont arrivés dans les derniers jours et malheureusement nous n'avons pas pu identifier ceux qui ont été choisis pour vous combattre.

- Ne vous inquiétez pas pour ce combat, Sertime, nous sommes parfaitement entraînés. Affirma Klosteran avec assurance.

- Pourtant la dernière fois vous avez été mis en difficulté, si ma mémoire est bonne, rétorqua Sertime mi-amusé, mi-moqueur.

- Vous avez raison, mais la dernière fois nous avions affaire à des membres de notre clan. N'est-ce pas Baliran ? rétorqua Rliostem en se tournant vers l'ex-contrebandier.

- Oui Monseigneur, confirma celui-ci en s'adressant à Sertime. À ma connaissance, il n'y a pas d'autres membres de notre nation au service des Tâardian.

Le reste de la conversation fut centré sur les techniques de combat, les armes autorisées dans le cercle et les règles ou plutôt l'absence de règles.

Malgré leurs Nanocrytes, les trois Ildarans souhaitaient prendre un peu de repos et après le déjeuner, se retirèrent dans l'un des appartements réservés aux invités. Le marchand avait mis à leur disposition un vaste logement, à l'intérieur du palais, comprenant un grand salon commun et quatre grandes chambres.

Baliran en profita pour les entraîner une fois encore aux techniques usitées dans la région. Ils ne craignaient pas grand-chose, mais préféraient ne pas compter uniquement sur leur vitesse de déplacement qui pourrait paraître étrange dans cette société moyenâgeuse, emprise de croyances religieuse. Déjà que les Ildarans parlaient couramment la langue des Initiés, inutile d'en rajouter.

Ils passèrent ainsi trois heures à échanger des passes d'armes et des assauts au sabre. Ils auraient bien aimé aller se promener en ville, mais Sertime craignait toujours que l'on essaie d'attenter à leur vie et préférait assurer leur sécurité dans son palais. Il était vraisemblable qu'il préfère également les avoir sous la main, même s'il ne le reconnaissait pas ouvertement.

L'heure du dîner approchait et un serviteur leur proposa de prendre un bain chaud. Dans une immense salle commune, plusieurs bassins étaient alimentés par une noria de serviteurs, y compris par des femmes. Si Baliran était habitué aux coutumes locales, Rliostem et Klosteran étaient un peu gênés de se faire servir de l'eau chaude par des jeunes femmes, peu habillées. Celles-ci perçurent leur embarras et certaines gloussèrent, dans la limite de la décence, car ils étaient les hôtes de leur maître.

Après cet intermède, ils se retrouvèrent tous à table avec Sertime et deux personnages inconnus qui, d'après leurs habits, devaient appartenir à la noblesse. Les deux hommes étaient richement vêtus même si l'un d'eux était d'une extrême sobriété pour le royaume. L'autre, à l'inverse, était habillé de tissus voyants et colorés.

Sertime les présenta comme Messire Protal, le conseiller du roi, à l'intendance, et Messire Ystor, le conseiller spirituel, membre éminent du temple. Inutile d'avoir à préciser qui était le religieux. Ses vêtements parlaient pour lui.

Les trois Ildarans saluèrent humblement les hôtes de Sertime, les assurant de l'honneur de souper en de si augustes présences.

Les deux conseillers leur rendirent leur politesse puis précisèrent leur position dans l'entourage du roi. C'est ainsi que Klosteran et Rliostem apprirent que le roi gouvernait avec l'aide d'une douzaine de conseillers, chargés chacun d'un domaine d'activité.

Ystor occupait une position un peu particulière, car il était à la fois membre du collège du temple et délégué auprès du roi pour les affaires spirituelles. Rliostem et Klosteran apprendraient, plus tard, qu'Ystor avait un poids politique très important, car même si la religion n'était pas très pesante dans la société gâalanaise, les croyances y étaient fortes et le temple possédait un pouvoir qui s'étendait au-delà des frontières du royaume du roi Mâaspec. De nombreuses guerres frontalières avaient été évitées sous l'influence des prêtres qui étaient intervenus auprès des souverains respectifs afin qu'ils ne s'entretuent pas.

Le rôle de Protal était plus flou. Il semblait qu'il soit à la fois un conseiller politique et stratégique. En tant que responsable de l'intendance, il avait un droit de regard sur de nombreux domaines allant de l'armée à la police, à l'agriculture, aux ponts et chaussées, etc. … En théorie, il fournissait des services à tous les secteurs d'activités, mais, en réalité, il contrôlait tous les besoins, des infrastructures aux approvisionnements. Aucun conseiller ne pouvait lui cacher la moindre activité, car, dès qu'il avait besoin d'approvisionnement, Protal était informé. Une sorte de super conseiller. L'organisation politique du royaume semblait étrange aux Ildarans.

Mais ces importants personnages n'étaient, semble-t-il, pas venus dîner uniquement pour le plaisir de voir Sertime ou pour la qualité de sa table et de ses vins. Ils commencèrent à interroger les Ildarans avec minutie. Leur ballet semblait bien réglé tant ils croisaient les questions avec habileté. Le représentant du clergé était tout particulièrement intéressé pour en apprendre un peu plus sur le pays d'origine de ces hommes qui parlaient couramment le langage des Initiés dès leur naissance. Le prêtre était d'autant plus soupçonneux que, contrairement aux autres Gâalanais, il connaissait de nombreux pays et n'avait pourtant jamais entendu parler d'un lieu où la langue natale fut celle des Initiés.

Il fut difficile à Rliostem et Klosteran de ne pas se trahir, mais les deux Ildarans détournèrent astucieusement les questions en recentrant la conversation sur l'affrontement avec la bande de détrousseurs. Les deux envoyés du roi partageaient leur avis sur l'origine de ces gredins et avouèrent que le roi Mâaspec avait essayé, plusieurs fois, d'en capturer vivants, pour les confondre devant leur duc, mais que ces tentatives avaient échoué jusqu'ici.

Depuis six jours plus aucune caravane de ravitaillement n'était parvenue à rallier ou à sortir de la capitale et les vivres commençaient à manquer. Ystor était donc particulièrement impressionné par le fait que trois hommes peu armés aient réussi à passer, là où des caravanes bien protégées avaient été interceptées et pillées.

Ne souhaitant pas attirer l'attention sur leurs aptitudes spéciales, surtout auprès du prêtre, Klosteran suggéra qu'ils avaient certainement eu affaire à une petite troupe, car ils n'étaient que trois et ils avaient dû être repérés de loin. Une caravane aurait certainement été prise à partie par une troupe plus nombreuse.

Le reste de la conversation s'orienta sur le jugement que les deux Ildarans auraient à affronter le lendemain. Cette fois-ci, nul conseil sur des stratégies guerrières. Les deux conseillers insistèrent sur les aspects politiques des deux duels. Le duc Tâardian laissait entendre que son fils avait été gravement insulté dans la ville du roi et que celui-ci n'était pas capable de rendre justice à la noblesse, face à des étrangers inconnus. Les gardes des portes de la ville avaient enregistré l'arrivée d'au moins soixante soldats de la garde ducale. Avec la troupe qui protégeait son fils, il y avait maintenant entre cent et cent vingt gardes Tâardian dans la capitale. Sans être particulièrement paranoïaque, le roi était inquiet, car sa propre garde était réduite à deux cents hommes.

Il était donc impératif que les Ildarans sortent vainqueurs du jugement du cercle. Rliostem et Klosteran les rassurèrent, avec humour, précisant qu'ils n'avaient pas l'intention d'y laisser la vie et qu'ils feraient tout pour triompher. Ce trait d'humour détendit un peu l'atmosphère après que les deux conseillers se soient laissés aller à des confidences sur leurs préoccupations.

Sertime leur proposa un alcool dans un salon jouxtant la grande salle à manger et les Ildarans purent découvrir que la réputation du prince marchand concernant la qualité de sa cave n'était pas usurpée. Ils dégustèrent des alcools totalement surprenants et Sertime leur assura même que deux des bouteilles venaient d'un autre continent, situé, d'après les marins à plus de quarante jours de navigation vers l'ouest. Peu de marins étaient revenus de cette traversée, que Klosteran et Rliostem savaient être longue de quatre mille huit cents kilomètres en son point le plus court, d'après les relevés effectués par l'IA du Randor.

La fin de la soirée fut centrée sur les mondanités habituelles de la cour et comme les Ildarans n'y connaissaient personne, ils en étaient réduits à imaginer les physionomies des individus décrits par les trois Gâalanais.

Demain serait un autre jour, mais pas n'importe lequel, pour l'avenir du royaume de Gâal et pour les trois Ildarans, exilés temporairement sur cette planète médiévale entourée d'un flamboyant anneau.

*

Chapitre 4

À bord de la navette, Paul discutait fébrilement avec Mélanie. Les deux adolescents étaient tout excités à l'idée de découvrir les univers-dômes des scientistes. Pendant ce temps, Sarian faisait le point sur la sécurité avec Livion et Darin se renseignait, avec deux de ses voisins de rangées, sur les dernières nouvelles dans l'Empire. Les scientistes étaient informés grâce à leurs drones-espions positionnés au large de presque tous les systèmes administrés par Ildaran.

Mais malgré tous ces drones, il n'avait, pour le moment, aucune nouvelle de la flotte de cent dix vaisseaux de combat qui avait transité quelques heures auparavant.

Aucun des passagers de la navette ne se doutait qu'une frégate furtive filait à pleine vitesse, sur une trajectoire d'interception. La petite navette n'était pas équipée de senseurs militaires et n'était pas capable de détecter un vaisseau occulté derrière son bouclier.

Il ne restait plus que trente minutes avant l'arrivée en orbite de la navette et la planète apparaissait déjà en visuel sur les écrans lorsque Bella interrompit la monotonie du trajet et contacta Sarian directement par l'intermédiaire de ses Nanocrytes de communication.

- SARIAN, JE DETECTE UNE SIGNATURE QUI POURRAIT ETRE UN BATIMENT RAPIDE SUR UNE TRAJECTOIRE D'INTERCEPTION. D'APRES MES SENSEURS, SES SYSTEMES D'ARMES SONT VERROUILLES SUR VOTRE NAVETTE. LA DETECTION EST IMPARFAITE, CAR IL EST OCCULTE DERRIERE UN BOUCLIER FURTIF, MAIS LA TECHNOLOGIE SCIENTISTE ETANT MOINS SOPHISTIQUEE QUE CELLE DU RANDOR ET J'ENREGISTRE L'ACTIVATION DE SENSEURS DE POURSUITE. Bella avait transmis l'information via les neurorécepteurs cryptés de Sarian afin que personne d'autre que lui ne puisse écouter. Néanmoins, l'Ildaran ne pouvait pas être certain que les scientistes n'aient pas intercepté la communication. Mais même dans ce cas, il leur faudrait un certain temps avant d'en décrypter le contenu.

Sarian resta maître de lui, malgré la gravité du message, et interrogea immédiatement Livion d'un ton badin, ne laissant rien paraître de la tension qui l'habitait.

- Livion, pardonnez cette question, mais nous ne connaissons pas les us et coutumes de la république de Scienty. Je m'étonne que nous ne soyons pas escortés par un ou plusieurs appareils de protection. À moins qu'ils ne soient occultés derrière des boucliers furtifs ?

- Commandant Sarian, c'est ce qui fait la particularité de notre nation stellaire. Notre population est composée de chercheurs et de scientifiques et notre espace est totalement sûr. Même les plus hauts dirigeants du collège se déplacent sans protection. Répondit le scientiste, légèrement amusé.

- Et cette navette, peut-elle détecter un navire furtif ? insista l'Ildaran.

- Pourquoi cette question ? Vous craignez que nous soyons attaqués ? sourit l'ancien militaire de l'Empire.

- Je m'interrogeais simplement. Si un navire voulait nous intercepter, seriez-vous capable de repérer sa présence ?

- Rassurez-vous, vous ne craignez rien dans l'espace scientiste. C'est bien une réaction ildarane, s'amusa Livion. Mais pour répondre à votre question : non. Cet appareil ne dispose pas de senseurs militaires. Ce type de transport ne sort pas du système et est utilisé uniquement comme navette entre nos quatre planètes.

- Et au niveau défensif ? renchérit Sarian, de plus en plus inquiet.

- Uniquement un bouclier anti-météorites, mais elles sont peu nombreuses dans notre système sur les plans de vol civils. Le renseigna le soldat scientiste.

- Donc, en cas d'agression, nous serions totalement sans défense ? s'alarma l'Ildaran.

- Détendez-vous Sarian, aucun navire n'ait autorisé à se déplacer armé à l'intérieur du système et les vaisseaux militaires sont cantonnés sur la troisième et quatrième planète. Tenta de la rassurer Livion.

La conversation n'avait pas échappé à Darin et à Oria, qui s'étonnaient de l'insistance de leur chef. La jeune femme s'enquit discrètement auprès de lui de la situation, à l'aide d'une gestuelle codée. Elle n'avait pas voulu le contacter via leurs neurorécepteurs craignant l'espionnage des scientistes, malgré leur haut niveau de cryptage. Sarian lui répondit par le même biais en l'avertissant de la présence de la frégate furtive, probablement hostile.

Oria chercha immédiatement le contact mental avec Paul, car ce dernier ne connaissait pas le langage gestuel des gardes impériaux et n'avait donc pu suivre l'échange.

- [Paul]

- Oria ? répondit tout haut l'adolescent, qui ne s'attendait pas à être contacté ainsi par sa voisine de siège.

Heureusement il n'avait pas élevé la voix et seule la jeune femme l'entendit.

- [Paul, écoute-moi attentivement. D'après Bella, nous risquons d'être attaqués par une frégate militaire qui a verrouillé ses systèmes d'armes sur la navette. Notre appareil est non armé et il faut absolument que tu t'empares de l'esprit du pilote pour neutraliser ce vaisseau] insista-t-elle.

- [Mais les scientistes ne peuvent rien faire ?] s'étonna le garçon.

- [Il semble qu'ils ignorent la présence de ce navire furtif et de toute façon leurs bâtiments de guerre sont trop éloignés pour intervenir], répondit l'Ildarane.

- [Mais comment le repérer dans l'espace ? Je ne détecte aucune pensée], se désespéra Paul.

- [Tu dois tendre ton esprit pour trouver cet appareil], lui expliqua la jeune femme

- [OK, j'essaie.] Paul se concentra et lança des sondes mentales dans l'éther environnant.

La psykane se joint à lui afin de lui apporter sa modeste contribution, mais après plusieurs minutes de recherches infructueuses, l'adolescent ne savait plus quoi faire.

La jeune femme lui proposa d'essayer une technique peu usitée : au lieu de lancer des sondes au hasard, avoir recours aux vagues mentales. Ordinairement, un psykan localisait sa cible et lançait une sorte de grappin mental, puis arrimait son objectif pour en prendre le contrôle ou initier une transmission télépathique. Le souci, dans la situation actuelle, était que le croiseur naviguait à grande vitesse et qu'il était presque impossible de le localiser en lançant au hasard des sondes psys. Oria lui révéla qu'il était possible, pour des psykans puissants, de générer des ondes mentales sous forme de vagues concentriques. Cette technique avait l'avantage de rayonner sur un très large espace et d'atteindre des objectifs en mouvement. Elle-même n'était pas capable de pratiquer cette technique, mais elle pensait que Paul le pourrait. Ils n'avaient pas eu le temps d'expérimenter ensemble, la pratique des vagues mentales, mais c'était leur seule chance.

L'adolescent se laissa guider mentalement et commença à émettre, lentement mais sûrement, une succession de vagues psychiques.

- [Oui, continue] l'encouragea la jeune femme. [Il faut resserrer tes émissions et renforcer leur intensité.]

Il intensifia son balayage et sa concentration et au bout de quelques secondes parvint à détecter une conscience brouillée, sans réussir à identifier de pensées déchiffrables. À travers le lien mental, qui les unissait, Oria capta l'information et l'orienta vers la source. À eux deux, ils s'approchaient du point d'émission, mais ils n'avaient aucune certitude qu'il s'agissait de la conscience à bord de la frégate lancée sur leur trajectoire, car leur navette se rapprochait de la planète et le trafic spatial s'intensifiait. En effet, après avoir resserré leur contrôle, il s'avéra qu'il s'agissait d'une autre navette qui venait de les croiser à moins de deux cent mille kilomètres. Il fallait poursuivre les investigations, mais le temps pressait, car cela faisait déjà dix minutes qu'ils recherchaient le vaisseau ennemi sans succès.

Ils détectèrent deux autres appareils dans un rayon de trois cent mille kilomètres autour de leur transport : un vaisseau privé et une autre navette à destination de la troisième planète avec des étudiants à bord. Mais toujours rien concernant la frégate armée.

Paul intensifia ses efforts et les pierres ornant son front commençaient à briller puissamment, provoquant l'étonnement des scientistes. Le garçon parvint encore à étendre la portée de ses vagues mentales et perçut soudain une pensée malveillante. Le jeune homme fut surpris, car il s'agissait d'une IA. C'était un vaisseau automatique !

Si les autres passagers observaient le scintillent des diamants autour de la tête de Paul avec curiosité, peu d'entre eux étaient conscients de la course contre la montre qui se menait et dont dépendait pourtant leur survie.

- [Vite ! Prends le contrôle de l'IA. Toi seul peux y parvenir,] hurla presque mentalement Oria.

- [J'essaie, mais tout est brouillé. La vitesse de déplacement me gêne considérablement. Je n'arrive pas à accrocher un canal neuronal vers l'IA. Je perçois ses pensées, elle se prépare à tirer deux torpilles !] Tempêta Paul.

- [Vite, remonte vers le centre de décision !] S'alarma l'Ildarane.

- [Je l'ai ! Je suis sur le canal neuronal qui contrôle ses senseurs de poursuite. Je brouille sa détection. Elle a suspendu le tir, mais transmet l'ordre au calculateur électronique, là je ne peux pas le bloquer], se lamenta l'adolescent.

- [Prends le contrôle du centre de décision, vite !] L'encouragea encore la jeune femme

- [J'essaie, mais cela diffère légèrement des modèles ildarans. Je n'arrive pas à atteindre le centre décision. Ah, je comprends pourquoi, ils sont plusieurs ! Les scientistes ont fait évoluer les schémas neuronaux des IA. Je dois les atteindre simultanément. Il y a quatre centres conscients. Pas le temps de prendre le contrôle. Je discerne le centre dévolu aux systèmes d'armes. Je remonte. Là, je l'ai annihilé. L'aviso ne peut plus nous attaquer.] Transmit le garçon, visiblement rassuré.

- [Si tu parviens à prendre le contrôle de cette frégate, programme-la pour qu'elle nous suive et reste en orbite. Cela peut toujours servir d'avoir un navire à portée de main. Le Bellator est à plus d'une heure et en cas d'urgence nous pourrons utiliser ce vaisseau.] Suggéra Oria, également soulagée. Elle se hâta d'ailleurs de transmettre l'information à Sarian par langage gestuel.

- [Je vais essayer, mais cette IA est plus difficile à contrôler qu'à détruire. J'ai déjà détruit le contrôle des systèmes d'armes. Le navire est inoffensif.] Émit le garçon.

- [Il ne peut plus se servir de ses armes ?] Questionna l'Ildarane.

- [Non, il faudra remplacer l'IA du calculateur de combat, je le crains.] Affirma Paul.

- [Essaie quand même de maîtriser le centre de navigation, on aura au moins un moyen de transport sous contrôle.]

- [Je cherche. Un … Deux… Et trois. Oui, ça y est, j'ai le contrôle. Oups, les torpilles étaient verrouillées, c'était limite. Je vais tenter d'effacer les instructions de l'IA et lui ordonner de se mettre en attente en orbite.] Transmit l'adolescent.

- [Attends, essaie de connaître ses instructions et de savoir d'où elles viennent], demanda la jeune psykane.

- [OK je m'y attelle, mais il va me falloir plusieurs minutes de tranquillité absolue], acquiesça le garçon.

- [Je m'en occupe], ajouta la jeune femme qui avait remarqué le visage anxieux de Sarian qui s'étonnait de les voir immobiles depuis de longues minutes et les regards interrogatifs des scientistes au sujet des étranges pierres luminescences entourant la tête de l'empereur.

- Tout va bien ? demanda Livion, visiblement inquiet.

- Rassurez-vous, il s'agit d'un dispositif d'apparat qu'Ishar voulait tester avant de débarquer sur votre sol. Nous sommes rassurés que tout fonctionne normalement. N'ayez aucune crainte c'est uniquement décoratif, ce sont des pierres précieuses lumineuses, mais c'est sans danger. La jeune femme avait dû improviser et trouvait elle-même ses explications un peu vaseuses, mais n'avait rien trouvé de mieux. Elle avait en même temps informé Sarian, par gestes, du succès de prise de contrôle de la frégate.

Les diamants de Paul avaient repris leur teinte normale et même si les scientistes l'observaient encore avec curiosité, il semblait que les explications d'Oria aient suffi à les rassurer, au moins provisoirement.

La navette était en approche de la planète capitale et même si les projections holographiques du bord étaient moins performantes que celles du Bellator, ils pouvaient maintenant apercevoir Kriavia en détail. Mélanie distinguait les dômes abritant la vie locale et l'un d'entre d'eux paraissait gigantesque, même à cette distance. Sans connaître la taille exacte de la planète et en l'absence de références, il estimait que ce dôme couvrait une superficie équivalente au quart de l'Europe. Les adolescents distinguaient d'autres dômes plus petits, de la taille de pays comme la France ou l'Espagne.

Livion les informa qu'ils seraient en orbite dans huit minutes et dans le dôme principal d'ici quinze minutes. Aucun des scientistes ne se doutait que Paul était maître d'un petit vaisseau armé qui les suivait docilement à trois cent mille kilomètres de distance. Oria était d'ailleurs surprise qu'il n'y ait pas plus de mesures de sécurité autour de la planète principale, n'importe quel navire furtif pouvait attaquer Kriavia. Mais après réflexion, les scientistes se croyaient à l'abri derrière leur bouclier stellaire et étaient les seuls à maîtriser la furtivité, Randor excepté.

Paul avait asservi l'IA de l'aviso scientiste comme celle du Bellator, mais, avant de reprogrammer ses neurones artificiels, il avait eu le temps de prendre connaissance de ses instructions initiales. Celles-ci stipulaient que la navette devait être abattue à quatre minutes-lumière de Kriavia afin que l'explosion soit enregistrée depuis la planète et que la mort de l'équipage et des passagers soit indiscutable. L'aviso devait ensuite s'autodétruire.

Paul avait pu découvrir qu'un androïde avait implanté les instructions avant le décollage de l'appareil et qu'il avait ensuite été détruit dans l'espace. Le bâtiment était un navire militaire dépendant d'une unité de réserve basée sur la troisième planète. Paul apprit ainsi que la flotte scientiste comprenait une cinquantaine de ces petites frégates rapides. Leurs IA étaient en stase et n'étaient activées qu'en cas de besoin. Il n'y avait donc pas grand-chose à apprendre de celle du bord. Elle était, d'ailleurs, quasiment vierge de toutes données : excepté les informations tactiques de navigation et de combat, communes à tous les appareils. L'avantage était que le vaisseau ne serait vraisemblablement pas porté disparu, car il y était peu probable que les scientistes contrôlent périodiquement leur flotte de réserve. Seuls le, ou les commanditaires de l'attentat manqué s'interrogeraient sur le sort de leur navire. Comme dit l'expression terrienne : tout malheur à du bon, mais ils l'avaient échappé belle. Sans les détecteurs du Bellator, la navette aurait été désintégrée sans qu'ils aient eu le temps de s'en apercevoir. Le piège était ingénieux, car il aurait été extrêmement difficile, voire impossible, de remonter jusqu'au commanditaire, la frégate devant s'autodétruire après l'attaque. Le seul début de piste passait par les personnes ayant accès aux unités de contrôle des codes d'activation des IA en stase sur la troisième planète.

Ni Livion ni ses compatriotes ne s'étaient rendu compte de la situation et ne sauraient probablement jamais qu'ils avaient frôlé la mort de si près. Le commanditaire allait s'interroger longtemps sur la raison de l'échec de son action.

La navette amorça sa descente vers la planète dépourvue d'atmosphère et se rapprocha du dôme principal qu'ils avaient aperçu depuis l'espace. De plus près, ils pouvaient distinguer un astroport à proximité du dôme illuminé. De nombreux vaisseaux atterrissaient et décollaient de l'immense complexe de transport. L'absence d'atmosphère rendait le paysage un peu sinistre, car, même éclairé par le soleil, le spectre lumineux était limité et les teintes tiraient sérieusement vers le jaune.

Livion les informa qu'il existait seize astroports répartis en périphérie de ce dôme. Ils apprirent également que ceux-ci étaient reliés par des réseaux souterrains et que les astroports de surface ne servaient qu'aux déplacements à l'intérieur du système. Les gros navires restaient en orbite ou atterrissaient sur le seul astroport capable d'accepter des croiseurs interstellaires, situé de l'autre côté de la planète. Mélanie et Paul étaient captivés par le ballet incessant des appareils et, sans l'allure étrange des navettes scientistes et l'absence d'atmosphère, ils auraient pu se croire à proximité d'un gros aéroport terrien. L'absence de piste d'atterrissage ne laissait pourtant aucun doute : les appareils qui se mouvaient autour de l'astroport se déplaçaient à l'aide de propulseurs anti gravité et se posaient et décollaient verticalement.

La comparaison avec un aéroport souleva cependant une nouvelle vague de nostalgie dans l'esprit des deux adolescents. Reverraient-ils un jour la Terre ? Sans s'être concertés, leurs regards se croisèrent et ils comprirent qu'ils songeaient à la même chose. Un sourire mi-nostalgique mi-amusé éclaira leurs visages, symbolisant leur nouvelle complicité en cet instant extraordinaire. Ils allaient fouler le sol d'une autre planète !

La navette était en approche finale et ils pouvaient observer les appareils au sol. Lorsqu'un vaisseau atterrissait, une nuée de tubes de raccords se fixaient sur sa coque pour permettre la sortie des passagers et le déchargement du fret.

Leur navette était annoncée et les procédures d'atterrissage furent des plus expéditives. Le petit engin se dirigea directement vers une aire de stationnement. À peine immobilisée, un tube flexible vint s'accoler à la coque, les pressions atmosphériques furent équilibrées et la porte du sas s'ouvrit dans un léger chuintement. Livion les invita aussitôt à le suivre dans le tube de débarquement. Paul se leva en réajustant son sabre sur son flanc gauche avec un geste fluide qui n'échappa pas au capitaine scientiste. Mélanie observait attentivement son environnement et ne quittait pas Pallaron d'une semelle, consciente du moment historique qu'elle vivait.

Le tunnel de débarquement était opaque et ils ne purent malheureusement pas voir l'extérieur de Kriavia de leurs propres yeux. Un tapis de transport les amena directement dans le terminal le plus proche où les attendait une importante délégation de scientistes.

Deux membres du collège, reconnaissables à leurs longues robes vert pâle, les accueillirent chaleureusement, mais Quirtan n'en faisait pas partie. Paul percevait de la joie et de la curiosité dans les esprits des personnes présentes : le responsable de l'attaque ne se trouvait donc vraisemblablement pas à proximité.

Les présentations furent rapidement faites : les deux représentants du collège se nommaient Korisandre et Hefry et ils les accueillaient au nom de tous les autres membres. Les deux scientistes remarquèrent naturellement les armes portées par Paul et sa délégation et l'un d'eux parut contrarié.

- Votre Majesté, je ne souhaite nullement vous offenser, mais il est strictement interdit aux civils de porter des armes dans les dômes sur Kriavia. Vous ne risquez rien ici, intervint Korisandre sur un ton plutôt gêné.

- Si vous faites allusion à mon sabre d'apparat et aux poignards de mes gardes, il s'agit simplement de l'uniforme standard de la maison Verakin, nullement d'armes. Je suis ici en tant qu'héritier de l'Empire, je ne suis pas un civil et il est donc normal que je me présente à vous dans mon uniforme ainsi que ma délégation. Non ? répondit Paul sur un ton faussement candide.

Korisandre ne voyait pas très bien comment se sortir de cette situation. Ishar Verakin avait atterri et il n'était plus possible de le renvoyer dans l'espace ou de confisquer les armes de la délégation, sans risquer l'incident diplomatique. Heureusement pour lui, Hefry vint à son secours.

- Korisandre, je propose que nous réglions cette entorse à nos lois lorsque tous les membres du conseil seront présents. De toute manière, nous nous rendons directement au siège. Qu'en penses-tu ? Hefry avait manœuvré judicieusement en laissant entendre que ce serait une décision collégiale. Si tous les membres du collège voulaient désarmer les Verakin, qu'ils soient solidaires.

Korisandre n'insista pas et tous purent garder leurs armes d'apparat jusqu'au siège du collège où une position officielle serait entérinée.

Le comité d'accueil comportait également de nombreux civils, proches du collège, qui avaient souhaité apercevoir l'héritier d'Ildaran de leurs propres yeux. Apparemment, Livion et ses hommes représentaient le seul service de sécurité présent, car les deux membres du collège se déplaçaient sans escorte. Il y eut une légère bousculade, car de nombreux scientistes voulaient approcher Paul et beaucoup l'observaient avec une sorte d'incrédulité non feinte. Le garçon ressentit la même interrogation qu'avec Livion : ils se demandaient tous s'il était le véritable héritier de l'Empire.

Mélanie était ébahie devant l'accueil réservé à Paul et prit, pour la première fois, la mesure de son rang. Bien qu'étant un peu marginalisée, elle avait cependant surpris le regard appuyé de quelques jeunes scientistes qui la prenaient probablement pour un membre de la famille Verakin. Cette situation la remplit de fierté et conforta sa décision d'avoir accompagné le jeune homme dans cette aventure.

Le garçon était un peu submergé par les émotions de la foule qui se faisaient de plus en plus intenses. Korisandre leur expliqua que le choix du terminal d'arrivée avait été tenu secret jusqu'au dernier moment, car sinon des milliers de scientistes se seraient massés à la sortie. Il devait y avoir eu quelques fuites, car le garçon avait déjà l'impression d'être une star internationale.

Sarian et Darin resserraient Paul et se tenaient prêts à réagir à toute agression. Depuis l'attentat avorté avec la frégate de combat, ils étaient certains que certains scientistes ne voyaient pas d'un très bon œil la réapparition soudaine d'un Verakin. Le petit groupe se dirigea avec difficulté vers la sortie du terminal qui débouchait à l'intérieur du dôme. Ils étaient encore proches de la paroi translucide et ils purent observer la faible inclinaison du champ de force montant vers le ciel. Hefry leur annonça, fièrement, que ce dôme culminait à cinq mille mètres d'altitude pour un diamètre de mille deux cents kilomètres. Les parois étaient constituées de trois boucliers Horlzson superposés et alimentés individuellement par trois condensateurs à énergie Kin chacun. Oria nota qu'Hefry avait utilisé le mot condensateur à énergie Kin, et non condensateur Verakin. Le schisme avec l'ancien Empire était, semble-t-il, bien installé.

C'est dans une joyeuse désorganisation, peu protocolaire, qu'ils parvinrent à atteindre un groupe de trois glisseurs antigrav. Chaque appareil pouvait emmener huit passagers et il fallut se répartir dans les petits transports. Sarian fit monter Darin et Telius dans le glisseur de tête pendant qu'il montait dans le second avec Paul et Oria. Pallaron prit place à bord du troisième avec Mélanie, un peu déçue d'être séparée du garçon. Les gardes scientistes se répartirent dans chacun de glisseurs, sur les instructions de Livion.

Hefry avait souhaité embarquer à côté de Paul et Oria lui laissa sa place en s'installant sur le siège de devant pendant que Korisandre, de son côté, avait embarqué dans le glisseur de la jeune fille. Comme à bord de la navette, Paul se retrouva de nouveau embarrassé par son katana. Il en vint même presque à regretter de l'avoir emporté avec lui.

Hefry le remarqua et lui proposa ironiquement de le mettre dans le coffre à bagages. Sur quoi l'adolescent lui répondit, sur le même ton ironique, que son rang ne pouvait souffrir de se débarrasser de ses apparats impériaux. La petite joute verbale n'échappa pas à Livion, qui sourit franchement. J'apprécie de plus en plus ce scientiste. Pensa Sarian, qui avait tout observé.

Dès que tout le monde fut installé, le groupe de glisseurs s'élança rapidement, suivi par une nuée d'appareils civils, perturbant le trafic autour de l'astroport pendant un court moment.

- Sommes-nous loin du lieu d'arrivée ? demanda Paul à Hefry

- Nous sommes à environ cent quarante kilomètres du siège du collège. Précisa le scientiste qui se lança dans une large explication sur le fonctionnement dôme principal.

La petite navette avait atterri sur l'astroport le plus proche du siège du collège qui pouvait sembler éloigné, mais le scientiste lui précisa qu'ils utilisaient assez peu les vols à l'intérieur des habitats artificiels. Les concepteurs des dômes avaient édifié un très important réseau de transports souterrains, par œufs gravitiques individuels et collectifs, qui reliait tous les habitats et la population disposait de points d'accès pratiquement partout.

Dans un souci d'efficacité, les activités industrielles ou commerciales qui échangeaient avec les autres planètes du système avaient été bâties à proximité immédiate des parois des dômes et des astroports ainsi les déplacements en atmosphère étaient donc très rares.

- J'ai préféré que nous voyagions en glisseurs afin de vous montrer un aperçu de notre dôme principal. Reprit Hefry, assez fier de faire découvrir Kriavia à l'héritier de l'Empire. Puis-je vous demander où vous étiez toutes ces années majesté ?

- Sur une planète isolée et faiblement technologique, mais c'est sans importance, répondit évasivement l'adolescent qui ne souhaitait pas en dévoiler plus. Ce rappel supplémentaire à sa planète d'adoption lui pinça le cœur une nouvelle fois. Cette fois-ci, nulle complicité avec Mélanie qui se trouvait dans un autre appareil, mais Paul était finalement ravi que la jeune fille ait insisté pour l'accompagner au sol, car soudain il se sentait désespérément seul.

Hefry n'insista pas sur le lieu de résidence du garçon, mais voulut apprendre un peu plus sur ses intentions. Au fil de la conversation, Paul comprit que le scientiste souhaitait surtout découvrir comment ils avaient réussi à subtiliser un porte-croiseurs à la flotte ildarane. Les drones-espions de Scienty avaient en effet détecté l'appareillage en urgence de ce bâtiment puis l'agitation de la flotte, quelques jours plus tard. Paul éluda du mieux qu'il put, arguant que ces aspects relevaient du domaine de Sarian. Il changea habilement de conversation en faisant mine de s'extasier devant le spectacle autour d'eux, au grand dam d'Hefry.

Les glisseurs se déplaçaient à une trentaine de mètres au-dessus du sol et ils parcouraient de magnifiques étendues vallonnées. De nombreux animaux semblaient paître alors que de nombreuses machines automatiques s'activaient sur les espaces cultivés.

- Ces paysages sont extraordinaires, comment avez-vous réalisé cela ? demanda Paul réellement impressionné.

- Nous avons reconstitué des écosystèmes complets à partir d'ADN de plantes et d'animaux venant de nombreuses planètes. Il est probable que ce soit la plus grande mixité vivante dans la galaxie, car, contrairement aux planètes humano-compatibles où nous avons toujours conservé un écosystème pur, ici nous avons volontairement mélangé les espèces. Répondit fièrement le scientiste.

- Il y a des prédateurs ? s'enquit l'adolescent.

- Dans certaines zones uniquement, mais dans la plupart des dômes non. Nous n'avons pas cherché à recréer des écosystèmes autonomes, ce sont des lieux de vie. Il y a surtout des animaux d'élevage et quelques herbivores sauvages dans les forêts de loisir. Précisa Hefry.

- Je n'ai pas vu beaucoup de monde depuis que nous avons quitté l'astroport. Combien y a-t-il d'habitants dans ce dôme ? questionna le garçon, surpris par la faible concentration humaine.

- Dans ce dôme, il y a environ douze millions d'individus, mais c'est toujours un peu compliqué de connaître le nombre exact, car il y a beaucoup de déplacements entre les dômes.

- C'est peu pour une si grande superficie, s'étonna le garçon qui comparait la densité de son pays d'origine, avec les douze millions de scientistes répartis sur une surface aussi vaste que l'Europe ou les États-Unis.

- Nous sommes peu nombreux, comme a dû vous le dire Sorphir, et nous avons volontairement limité la taille de nos écosystèmes. La majorité des habitants est issue des planètes de l'Empire et les natifs de Kriavia les plus vieux ne sont âgés que de dix ans. Nous avons mis plus de cinq ans pour construire les premiers dômes et celui-ci n'est terminé que depuis deux ans. Nous ne sommes que vingt-cinq millions dans toute la République de Scienty et nous avons dédié notre société à la science. Nous n'avons donc pas besoin de croître en population, énonça le représentant du collège d'un ton solennel.

La conversation se poursuivit alors que les glisseurs survolaient silencieusement de grandes étendues de plaines et de bois. Le convoi bifurqua légèrement pour suivre le cours d'une rivière pendant quelques minutes. Ils étaient déjà passés à proximité de quelques habitations qui rappelaient à Paul les grands ranchs nord-américains. Apparemment, les scientistes aimaient vivre isolés les uns des autres. Malheureusement pour le jeune homme qui s'extasiait du paysage, la nuit commençait à tomber et il devenait de plus en plus difficile de distinguer les détails au sol.

- Et comment avez-vous fait pour créer des rivières ? s'enquit Paul.

- Ah, répondit Hevry tout sourire. Avec cette exclamation, le scientiste avait révélé toute la fierté de son peuple. Ce fut notre réalisation la plus complexe.

Le représentant du collège lui expliqua comment, dans un premier temps, les concepteurs avaient recherché des astéroïdes contenant des molécules d'eau. Cela avait permis de créer la première rivière, mais le volume de liquide était trop faible pour paysager tous les dômes et ils avaient dû ensuite tenter de prélever de la glace sur la quatrième planète. Malheureusement, celle-ci était trop chargée en métaux lourds et la dépolluer s'était avéré trop complexe. Heureusement, des vaisseaux de prospection avaient découvert une planète aquatique recouverte de plusieurs kilomètres de liquide, proche de l'eau. Le ph n'était pas totalement parfait, mais ce fut un jeu d'enfant, pour les ingénieurs climatiques de l'adapter à partir des minerais extraits sur des planètes telluriques. Ils avaient reconstitué d'immenses bassins dans l'espace pour adapter le ph avant d'amener l'eau dans les dômes.

- Vous avez amené l'eau depuis l'espace ? s'extasia Paul, sidéré.

- Sous forme de glace, dans un premier temps, tractée par des grappins gravitiques. Puis dans des sphères, à gravité dirigée, de plusieurs dizaines de millions de mètres cubes. Nous avons ensuite agité les molécules de glace pour les liquéfier et y mélanger nos minerais.

Paul, médusé, imaginait des vaisseaux spatiaux tractant des cubes de glace de plusieurs dizaines de kilomètres de côté. Mais Hefry poursuivait ses explications.

- Nous avons ensuite créé un tunnel à gravité dirigée reliant l'espace et le sol pour faire fondre la glace et transférer progressivement l'eau dans les dômes.

- Vous avez créé une sorte de canalisation depuis l'espace ? Paul imaginait une gigantesque canalisation déversant des centaines de millions de litres d'eau.

- Oui tout à fait. Cela nous a demandé beaucoup de recherche en ingénierie, car cela n'avait jamais été réalisé auparavant. Un groupe de scientifiques a conçu des tubes gravitiques reliés entre eux. À la moindre panne, l'eau se serait échappée sans contrôle et nous avons d'ailleurs eu quelques soucis au début, mais, en fin de compte, tout a bien fonctionné.

- Tout cela pour avoir des rivières ? s'extasiait l'adolescent.

- Pas uniquement pour le plaisir d'avoir des rivières ou des lacs. La présence d'eau liquide en surface participe à l'équilibre hygrométrique des dômes. Nous avons même un lac de trois cents kilomètres de long, en bordure d'une paroi. Il y a également une base de loisirs qui attire des milliers de scientistes.

Le garçon essaya d'imaginer le chantier colossal et restait ébahi par le volontarisme de ces hommes, typique d'un peuple en exil ou de pionniers qui ne peuvent pas regarder en arrière. Ces gens méritent une grande considération, ils ont façonné leur avenir. Songea-t-il. Il faudra que je m'en souvienne lors de négociations pour la réparation du Bellator.

- Mais comment faites-vous pour que l'eau remonte à la source des rivières ? Le garçon avait tellement de motifs d'étonnement qu'il abreuvait Hefry de questions.

- Il y a un système de trop-pleins dans le lac et des pompes acheminent le liquide vers les douze sources différentes, à l'opposé du dôme. De plus, nous créons des nuages artificiels pour arroser régulièrement les sols. Tout cela est géré par des IA climatiques et fonctionne parfaitement. Sourit le scientiste, ravi de voir que son interlocuteur était intéressé par les transformations apportées à la planète.

Paul était en effet sidéré par les travaux de génie civil que les scientistes avaient réalisé pour rendre cette planète habitable. Il comprenait mieux que certains d'entre eux ne soient pas prêts à revenir dans le giron de l'Empire, après avoir déployé autant d'efforts.

Paul avait fréquemment regardé en direction d'Oria et de Sarian et il semblait qu'ils aient échangé longuement à l'aide de leur gestuelle codée. Il chercha un contact mental avec la jeune femme, mais elle ne répondit pas à son appel.

Paul avait encore des dizaines de questions à poser à Hefry sur les écosystèmes artificiels, mais le convoi de glisseurs approchait de ce qui ressemblait à une ville. Le garçon distinguait des bâtiments éclairés comportant de nombreux étages et Hefry changea de sujet.

- Nous voici arrivés au siège du collège scientifique de Kriavia. C'est la plus grosse concentration de bâtiments de la planète. Il y a dans ce périmètre trois universités et cinq grands laboratoires de recherche, annonça fièrement le membre du collège.

Paul estima que la ville devait faire environ dix kilomètres de diamètre. Hefry lui expliqua que la plupart des chercheurs ou étudiants venant ici résidaient dans un périmètre de moins de trois cents kilomètres, mais qu'avec le système de transport, il fallait moins de dix minutes, pour les plus éloignés, pour s'y rendre.

La vie sur Kriavia semblait s'être totalement articulée autour de la connaissance et de la nature. Les habitants logeaient majoritairement dans des résidences isolées visuellement les unes des autres. Avec le réseau de transport qui reliait chaque maison, la distance avait peu d'importance.

Les glisseurs se posèrent sur le toit d'un grand bâtiment ovoïde, largement ajouré de baies vitrées.

Korisandre et Hefry proposèrent aux Ildarans de les accompagner dans la salle du conseil pour une rapide présentation et une collation. Le cycle journalier de cette ville correspondait au début soirée et Hefry proposa aux Ildarans de se reposer ensuite jusqu'au lendemain matin, des appartements avaient été préparés à leur attention. Mélanie, qui semblait la plus fatiguée du groupe, fut soulagée par le programme et même Paul, malgré ses Nanocrytes, commençait à ressentir le poids de cette longue journée et était impatient de se reposer. Le petit groupe pénétra dans le grand bâtiment du collège, à la suite de leurs deux guides.

Paul et Mélanie auraient pu se croire dans n'importe quel immeuble de bureau tant l'architecture était minimaliste et fonctionnelle. Le bâtiment faisait la part belle aux parois transparentes et aux puits de lumière. Le moins que l'on puisse dire était que les scientistes privilégiaient l'efficacité à l'art architectural.

Un ascenseur à gravité dirigée les déposa directement au dernier étage, dans une immense salle de verre située sous le toit du building. Ils purent se rendre compte qu'ils se trouvaient au sommet du plus haut bâtiment de la ville. Cet immeuble devait bien atteindre les deux cents mètres de hauteur et ils apprendraient plus tard qu'il s'agissait de la seule construction de ce type sur Kriavia, car les scientistes préféraient les habitats de plain-pied. La tour abritait deux universités de pointe et justifiait la présence du collège, car tous ses membres étaient, avant tout, d'éminents savants. Le panorama était stupéfiant, car ils pouvaient découvrir tous les autres immeubles et bâtiments éclairés ainsi que la légère irisation des champs de force du dôme.

Huit membres du collège les attendaient dans un coin de la grande salle rectangulaire. Deux des membres étaient absents, car ils étaient retenus dans d'autres habitats pour des activités dépendant de leurs charges et ils ne pourraient pas être de retour avant deux ou trois jours.

Korisandre leur proposa de prendre une collation et leur présenta, tour à tour, les membres présents : Ynair, Waalsynn, Yleb, Cheeris, Ykel, Aaken, Raren et Yjiis. Tous s'inclinèrent très protocolairement devant Paul, qui ne savait pas très bien quelle posture adopter.

Ykel tint absolument à leur faire déguster des boissons produites dans les dômes agronomiques, et plus particulièrement une sorte de vin venant de son domaine privé. La boisson était obtenue à partir d'un fruit hybridé pour s'acclimater aux cultures hydroponiques et c'était la première année de récolte de son vin. Ykel semblait très fier et c'était justifié, car, même sans parvenir à identifier les saveurs qui le composaient Paul l'apprécia immédiatement. Il avait discrètement interrogé Oria sur la toxicité éventuelle d'aliments étrangers, mais l'Ildarane l'avait rassuré. Il était lui-même un Ildaran et la compatibilité génétique avec les terriens était totale et il n'y avait pas de risque pour Mélanie non plus. Par ailleurs, il était peu probable que les scientistes cherchent à les empoisonner. De toute façon, les Nanocrytes médicales injectées à la jeune fille devaient commencer à produire leurs effets et seraient capables de neutraliser toute tentative d'empoisonnement.

Ils purent ainsi se restaurer autour d'un buffet, tout en échangeant avec les membres du collège.

Mais l'heure tardive interféra sur l'emploi du temps et les conversations furent écourtées pour permettre à la délégation de se reposer. Les scientistes proposèrent aux Ildarans de rejoindre leurs appartements mis à leur disposition.

De grandes suites contiguës avaient été préparées et Sarian inspecta soigneusement chaque pièce avec un appareil qui ressemblait à une console de jeux, mais que Paul identifia tout de suite comme un détecteur électronique. L'Ildaran ne craignait pas de bombe dissimulée, mais plutôt d'éventuels mécanismes d'écoutes. Sa crainte restait visible même après que son détecteur ait rendu un verdict négatif sur la présence de dispositifs-espions, car les avancées technologiques des scientistes leur avaient probablement permis de développer des systèmes indétectables.

Après l'imprimatur de Sarian, Mélanie et Paul purent entrer dans les lieux. Les appartements occupaient tout un étage de la tour et les chambres donnaient toutes sur la périphérie, offrant à leurs occupants une magnifique vue sur les environs. Il n'y avait apparemment aucun autre accès que le couloir principal et Livion affirma que deux gardes assureraient en permanence la sécurité de l'empereur. D'autres gardes surveillaient les entrées du bâtiment et le commandant scientiste assura que personne ne pouvait pénétrer dans l'immeuble sans y être autorisé.

Mélanie ne demanda pas son reste et prit possession de sa chambre. Après un bref passage dans la salle d'hygiène corporelle, elle s'endormit profondément. De son côté, Paul était trop excité par la situation pour réussir à trouver le sommeil. Il repensait à leur aventure depuis Marrakech, il songeait à Stéphanie, à Alex et à ses parents. Que devaient-ils s'imaginer ? Et son chat Gribouille ? Une grande bouffée d'émotions contradictoires l'envahit et il émit inconsciemment une grande détresse psychique, immédiatement perçue par Oria. La jeune femme vint frapper doucement à la porte de sa chambre, devinant la situation. Paul balaya mentalement, presque par réflexe, l'espace environnant et identifia la jeune femme.

- Entre, j'ai laissé ouvert.

L'Ildarane entra dans sa chambre et le découvrit sur son lit, replié en chien de fusil.

- Ce n'est pas très prudent de laisser ta porte déverrouillée. Le fustigea-t-elle.

- Je ne parvenais pas à dormir.

- Oui, je m'en suis rendu compte. S'ils ont des psykans sur cette planète, tu as dû les réveiller en sursaut.

- Excuse-moi je ne parviens pas encore à me contrôler.

- Ce n'est pas très grave et il est préférable que tu évacues ta tristesse plutôt que de l'accumuler, cela pourrait être plus dangereux. Mais il faut te reprendre, nous sommes en guerre et nos ennemis profiteront de chacune de tes faiblesses. As-tu déjà visionné des programmes holographiques locaux ? fit la jeune Ildarane pour lui changer les idées.

- Non, je ne sais pas me servir de ces trucs. Répondit l'adolescent, un peu vexé par son ignorance des technologies de base.

Oria perçut sa légère colère et reprit doucement en souriant

- Ce n'est pas très différent des serveurs vidéo terrestres. Tu peux demander à l'IA de la chambre de te proposer des programmes par sujets. IA, disposes-tu de programmes représentant la géographie de Kriavia ? interrogea Oria.

- Bien entendu, j'ai acces a tous les programmes holographiques disponibles dans la republique. Nous avons egalement des programmes interceptes dans l'Empire d'Ildaran.

- Vous avez des holos de l'empereur Seravon ? demanda Paul soudain intéressé.

- Bien sur. Répondit l'IA en initiant une projection holographique au milieu de la pièce.

Paul découvrait pour la première fois le visage de son ennemi mortel. La projection tridimensionnelle le représentait lors d'une cérémonie officielle en présence de nombreux Ildarans habillés luxueusement. D'après l'Ildarane, la scène avait vraisemblablement été filmée lors d'une soirée à la cour impériale en présence de nombreux nobles et familiers de Kera Seravon.

L'homme était assez petit, selon les normes occidentales terriennes. Pas plus d'un mètre soixante-cinq à première vue. Un visage quelconque, mais qui reflétait une sorte de bestialité. Kera 1er tourna son regard vers Paul, ou plutôt vers l'appareil qui avait enregistré les images et, inconsciemment, Paul eut un léger recul tant le visage lui paraissait malveillant. Pourtant rien dans son attitude ne trahissait qu'il pût être cruel ou tyrannique, mais les pensées de l'émissaire lui revinrent en mémoire : l'Empereur actuel est corrompu par des ennemis insidieux qui veulent la perte de cette région de l'univers dans tous les plans d'existence.

Après avoir bien observé son ennemi, Paul préféra changer de sujet et demanda à l'IA de leur exposer la géographie de Kriavia. Il serait temps de s'informer plus avant sur Kera Seravon lorsqu'ils seraient prêts à revenir sur Ildaran Prime. Probablement pas avant de nombreuses années… Songea l'adolescent.

La projection holographique leur dévoila la planète à l'extérieur des dômes. La planète tellurique se trouvait à cent vingt-sept millions de kilomètres de son étoile, plus proche, donc, que la Terre du soleil, mais l'astre de Scienty était plus vieux et beaucoup moins énergétique pour que la température de surface soit tolérable pour les humains. La face éclairée enregistrait, en moyenne, une température de -46 C° et la face sombre -138 C°. Pas très accueillant le caillou. Pendant le défilement des images, l'IA leur fournit des informations complémentaires. Ils apprirent ainsi que Kriavia effectuait une rotation complète en cent quatre heures ildaranes, ce qui expliquait le système d'éclairage et de chauffage artificiel des dômes : la journée locale n'était pas alignée sur la rotation planétaire.

L'IA leur concaténa ensuite des extraits holographiques de l'intérieur des dômes. Ils purent ainsi survoler virtuellement le grand lac d'eau douce dans lequel les douze rivières artificielles se déversaient. Les scientistes avaient poussé le raffinement à le peupler d'une faune aquatique et Paul identifia des créatures marines qui ressemblaient à des dauphins terrestres et une autre à un gigantesque animal d'au moins trois fois la taille d'une baleine. Il lui sembla reconnaître une sorte de Basilosaurus, le plus grand prédateur marin de l'Éocène supérieur sur Terre, mais l'IA le rassura en précisant que celui-ci n'était pas carnivore, il servait à nettoyer le gigantesque bassin.

Le temps s'écoula alors qu'ils découvraient, ensemble, les différents dômes. Sans surprise, ils étaient tous agencés sur le même modèle : de grandes étendues avec des bouquets d'habitations disséminés un peu partout sans réelle logique. Il y avait de nombreux complexes de recherches et l'IA leur précisa que tous les domaines de la science étaient explorés sur Kriavia.

Oria demanda à l'IA de leur présenter des données sur le mode de gouvernance scientiste. L'entité artificielle leur projeta des extraits de cours de politique ainsi que des reportages sur l'organisation administrative. Ils apprirent ainsi que les douze membres du collège étaient cooptés par leurs pairs pour une durée de deux ans, renouvelable une fois. Dans les pays démocratiques, Paul aurait dit élus. Chaque membre était en charge d'un domaine précis : éducation, justice, transport, défense, économie, environnement, santé, énergie, recherche, agriculture, prospection spatiale, loisirs.

Même si le gros du travail était effectué par des androïdes pilotés par des IA, les décisions finales revenaient aux membres du collège. Les fonctions les plus importantes étaient celles de la recherche, de l'agriculture, de l'environnement et de la prospection spatiale.

Le délégué à l'environnement avait la charge de la stabilité des écosystèmes et était responsable de toute la gestion des climats intérieurs des habitats. C'était un poste vital pour la survie des scientistes.

Venait ensuite l'agriculture qui fournissait la nourriture à toute la population. Cette charge était en association étroite avec l'environnement et les membres de ces deux charges étaient souvent choisis sur leurs aptitudes à travailler ensemble.

La recherche était évidemment primordiale dans la société scientiste. C'était les racines mêmes de leur culture et la responsabilité de cette charge était de veiller à ce que toutes les ressources nécessaires soient disponibles pour tous les chercheurs. Elle aiguillait également parfois certaines recherches en fonction de l'intérêt général même si les scientifiques avaient une totale latitude pour étudier les domaines de leurs choix.

La prospection spatiale travaillait étroitement avec la défense, car chaque vaisseau qui sortait du système devenait une cible potentielle pour un appareil de l'Empire. La prospection était orientée vers la découverte de minerais et de matières premières dans tout l'amas. Quelques missions d'exobiologie avaient également été initiées dans l'espoir de trouver des traces d'intervention non humaine, mais, jusqu'ici, aucune n'avait abouti.

La défense était moins sollicitée, car, jusqu'à l'arrivée du Bellator, les navires scientistes n'avaient jamais été repérés par l'Empire et les petits vaisseaux restaient soigneusement à l'écart des routes commerciales. Le plus gros travail de cette charge concernait l'espionnage de l'Empire et l'identification de nouveaux scientifiques, susceptibles de les rejoindre. La défense avait organisé de nombreuses opérations d'exfiltrations, y compris depuis Ildaran Prime elle-même.

Paul interrogea l'IA sur la séparation entre recherche et éducation, car cela le surprenait. La machine semi-pensante leur précisa que la recherche était orientée vers la découverte scientifique et la production de nouvelles technologies utiles pour la civilisation. L'éducation visait plutôt à inculquer aux citoyens l'histoire, certes courte, de la nation scientiste et les règles communes ainsi, bien entendu, qu'une formation scolaire générale. Cette charge avait été créée dans un second temps, car les naissances n'étaient survenues que depuis une dizaine d'années.

Les autres charges étaient moins importantes, car plus routinières.

L'énergie était naturellement assurée par la transformation de matière noire et les condensateurs à énergie Kin. La charge visait uniquement à s'assurer que la production énergétique soit suffisante, notamment pour le bouclier stellaire.

Pour les transports c'était, peu ou prou, la même chose. Chaque nouvelle habitation nécessitait un raccordement au réseau d'œufs de transports, mais les IA s'en chargeaient automatiquement.

Pour les loisirs, il y avait surtout un grand besoin d'imagination, car les possibilités étaient faibles dans une société tournée essentiellement vers la science. Néanmoins, les choses avaient évolué depuis un an, avec la nomination d'un membre du collège qui avait développé les loisirs aquatiques dans le lac, des loisirs aériens : parapente, vol à voile, etc. Urtian, c'était son nom, avait cherché à distraire ses concitoyens. Il existait maintenant des croisières spatiales entre les trois planètes, des résidences de loisirs. Il était le père de l'un des premiers enfants nés sur Kriavia et ceci expliquait probablement sa propension à faire progresser la société scientiste vers un peu d'hédonisme.

La charge de l'économie était paradoxalement la moins complexe, car elle se cantonnait à surveiller l'approvisionnement et l'équilibre des comptes. Cela fit sourire intérieurement Paul, qui avait quitté une nation en pleine tourmente économique.

Mais le temps s'écoulait rapidement et ils devaient songer à dormir un peu, car, même avec leurs Nanocrytes, leurs corps avaient besoin de sommeil pour éviter de puiser dans leurs réserves.

Oria regagna donc sa chambre et laissa l'adolescent l'esprit rempli d'informations sur la société scientiste. L'intermède lui avait au moins évité d'avoir à s'endormir avec des pensées nostalgiques.

De leurs côtés, Darin, Sarian et Pallaron s'étaient retrouvés dans une chambre pour partager les informations collectées depuis ces dix dernières heures. Les deux lieutenants de Sarian apprirent ainsi, avec surprise, l'attaque manquée sur la vedette. Ils soupçonnaient que leurs appartements soient sur écoute et utilisaient donc leur gestuelle codée pour communiquer. Cela restreignait un peu la richesse des échanges, mais c'était suffisant pour qu'ils se coordonnent. Ils avaient également visionné des programmes sur la civilisation scientiste, même si leurs centres d'intérêt étaient plus tournés vers les technologies militaires que sur les écosystèmes des habitats.

La nuit locale était déjà bien avancée lorsqu'ils décidèrent d'aller se reposer.

*

Chapitre 5

Dans le palais du prince marchand, les trois Ildarans se réveillèrent à l'aube, en pleine forme. Leurs Nanocrytes avaient éliminé toutes les toxines accumulées et une analyse médicale aurait révélé une santé insolente.

Des serviteurs de Sertime se présentèrent devant leurs appartements afin de s'assurer qu'ils étaient bien éveillés. L'intendant principal qui les accompagnait leur signifia que le prince les attendait dans la petite salle à manger, pour le petit-déjeuner.

Après avoir fait quelques longueurs dans la vaste piscine intérieure et enfilé une tenue adaptée, les trois extrapolonians se rendirent auprès de Sertime.

Celui-ci les accueillit avec son flegme habituel même si Klosteran percevait une légère tension chez leur hôte.

- Veuillez me pardonner de vous recevoir dans cette petite annexe, les accueillit le marchand.

- Rassurez-vous prince, nous sommes habitués à la simplicité, répondit Rliostem.

- Prenez place et restaurez-vous, vous en aurez besoin pour le jugement. Ajouta le prince en leur présentant la table garnie d'un large geste circulaire.

- Merci, s'inclina Baliran, qui connaissait mieux les us et coutumes locaux.

Après le bref petit-déjeuner, les Ildarans furent invités à se changer pour se rendre au palais de la justice.

*

Une musique agréable réveilla Paul. Un peu désorienté, l'adolescent mit quelques secondes à prendre conscience qu'il était sur Krivia. La musique lui rappelait de vieilles balades celtiques, bien qu'il ne reconnaisse pas les instruments. Une interface holographique lui signala qu'une communication entrante était en attente. Il s'agissait de Sarian. Paul demanda à l'IA d'accepter la communication.

- Votre Majesté, fit Sarian, le plus sérieusement du monde.

- Bonjour ! Sarian, je crois que tu peux te dispenser de ces mondanités, surtout au réveil, répondit le garçon, amusé.

- Je crains que non, nous sommes en présence d'Ildarans et même s'ils semblent avoir oublié leurs racines, vous êtes leur empereur légitime. Il est important de vous témoigner toutes les marques de respect dues à votre rang, répliqua l'Ildaran d'un air sérieux.

- Abstiens-toi au moins en privé alors, concéda Paul. Qu'elle est l'ordre du jour ?

- Le secrétaire d'Hefry m'a contacté il y a quinze minutes, c'est pourquoi j'ai demandé que l'on te réveille. Nous allons nous retrouver dans trente minutes pour une collation puis nous sommes attendus dans la salle du conseil dans une heure trente.

Toute la petite troupe se retrouva pour petit-déjeuner. Les habitudes des scientistes étaient naturellement très éloignées de celles des deux adolescents. Un androïde apporta des boissons chaudes qui avaient vaguement un goût de thé vert fortement épicé. Il y avait également de nombreux fruits totalement inconnus, présentés dans de grands saladiers et des sortes de crèmes produites à partir de plantes et de lichens. Apparemment pas de sous-produits animaux.

Après cette expérience enrichissante, Mélanie songea qu'il serait peut-être opportun de faire venir des graines de café et du thé depuis la Terre. Il y avait certainement un commerce à développer…

Ils se retrouvèrent tous dans la grande salle du collège devant dix des douze membres qui avaient l'air extrêmement soucieux. Après le salut rituel, Korisandre entra directement dans le vif du sujet. La flotte impériale de cent dix croiseurs avait été localisée et elle ratissait tous les systèmes solaires à partir d'Epsilon Eridani. Les impériaux avaient envoyé des centaines de drones de chasse et comme l'amas de Pléiades ne se trouvait qu'à quatre cent trente années-lumière d'Epsilon Eridani : ce n'était qu'une question de temps pour qu'un appareil-espion n'émerge dans le système scientiste.

Tous les vaisseaux de la république de Scienty avaient été consignés à l'intérieur de la barrière stellaire, mais cela handicapait l'approvisionnement en matière première, car les minerais nécessaires au fonctionnement de la petite république venaient majoritairement des systèmes de l'amas des Pléiades. Il y avait un peu de minerai sur les planètes scientistes et sur leurs satellites, mais il manquait de corodrium et le fonctionnement de Krivia s'en trouverait vite gravement perturbé. La flotte ildarane pourrait même faire un blocus du système solaire si les boucliers furtifs n'étaient plus totalement efficients et qu'elle les repère. La tension des membres du collège était palpable et contrastait singulièrement avec leur attitude bienveillante de la veille.

Sans le dire ouvertement, ils reprochaient à Paul et à ses proches d'avoir provoqué cette crise. Yleb et Aaken étaient les plus virulents et souhaitent même expulser immédiatement le Bellator du système. Waalsynn et Ystor y étaient totalement opposés et proposaient au contraire d'offrir une aide massive aux Verakin. Raren et Ykel étaient partagés. Bref, le collège était profondément divisé et il manquait les avis de deux membres : Quirtan et Obvion.

Sarian était un peu désorienté par la tournure des évènements pendant que Paul se concentrait pour essayer de percevoir les influx mentaux des dix membres présents. La tension ne lui permettait pas de clarifier si certains étaient hostiles ou uniquement sous pression. Malgré tous ses efforts, il lui fut impossible de savoir avec certitude si le commanditaire de l'attentat était l'un des membres présents. Le garçon n'osait pas intensifier ses émissions mentales de crainte que ses joyaux ne rayonnent de nouveau et suscitent des questions indiscrètes.

Finalement, c'est Sarian qui proposa la solution la plus constructive :

- Messieurs. Je comprends parfaitement le problème que nous représentons et le risque que nous faisons courir à votre peuple. Inutile de nous voiler la face. Les drones de l'Empire finiront inévitablement par trouver votre système, s'ils continuent leurs recherches.

- Que proposez-vous dans ce cas ? Vous voulez quitter la République de Scienty ? interrogea calmement Ystor.

- Je crois que cela ne servirait pas à grand-chose. Car tant que Kera Seravon n'aura pas retrouvé le Bellator et surtout Ishar, il continuera à fouiller cette région de la galaxie. Répondit calmement l'Ildaran.

- Vous voulez vous livrer ? intervint Hefry, en relevant les sourcils.

- Non, n'exagérons rien, sourit Sarian, mais la seule solution, pour que les impériaux cessent leurs recherches, c'est qu'ils trouvent le Bellator loin d'ici.

- Si nous leur abandonnons le Bellator, nous perdrons un atout considérable, c'est toi-même qui l'as souligné lorsque nous étions dans le système d'Epsilon Eridani. S'insurgea Paul.

- Quelles sont nos chances face aux croiseurs de la flotte impériale ? demanda Oria, qui envisageait un combat spatial comme dans le système solaire.

- Face à une cinquantaine, ou même une soixantaine, de croiseurs et avec le Bellator pleinement opérationnel, ce serait jouable. Nous nous en tirerions cependant avec de gros dégâts. Mais avec nos avaries et les systèmes défensifs actuels, nous ne tiendrions pas cinq minutes face à dix croiseurs lourds alors face à cent dix… répondit Darin.

- Et si nous nous mettions en orbite solaire dans un système inintéressant ? C'est ce qui était prévu autour d'Epsilon Eridani ? Nous serions indétectables, déflecteurs coupés et propulsion stoppée ? proposa Mélanie.

- C'est une stratégie possible lorsqu'un appareil balaye superficiellement un système depuis la périphérie, mais pas lorsqu'un drone s'enfonce en profondeur jusqu'à l'étoile. Les impériaux savent bien que c'est la seule tactique que nous pouvons déployer et tous leurs drones vont scruter méticuleusement tous les systèmes, rétorqua Oria.

- Paul a raison, on ne peut quand même pas leur livrer le Bellator. Fit Darin.

- Je n'envisage pas de leur laisser reprendre le Bellator, uniquement de le leur montrer puis fuir au-delà de leurs capacités de recherche. Sarian détailla ainsi son plan à l'assemblée.

L'idée de l'Ildaran était de leurrer les impériaux, en leur faisant croire que le Bellator n'avait pas été trop endommagé et qu'il était largement opérationnel. La flotte impériale partait du postulat que les capacités de sauts du gros vaisseau étaient limitées à une dizaine d'années-lumière. Un expert militaire avait visiblement conjecturé le remplacement des condensateurs par ceux des croiseurs du bord et, comme les impériaux disposaient des données techniques du Bellator, il n'avait pas été difficile de calculer le rayon d'action du vaisseau et d'arriver à quinze années-lumière maximum.

Sarian proposa de rendre caduc ce postulat en leur démontrant que le Bellator pouvait transiter sur de grandes distances. Ainsi la traque méticuleuse et systématique n'aurait plus aucune raison de se poursuivre.

- Que suggérez-vous Sarian ? interrogea Ynair, intéressé.

- Et bien, je propose que vous remplaciez nos quatre condensateurs par vos modèles les plus performants. Ensuite, nous engagerons un bref combat avec des unités impériales. Puis nous transiterons sur une distance d'au moins cinq cents années-lumière. Les impériaux se poseront certainement la question de savoir comment nous avons pût réparer nos condensateurs, mais ils devraient cesser les recherches dans ce quadrant spatial. Il est vraisemblable que l'empereur continue à larguer des drones dans toute la galaxie, mais plus spécifiquement dans cette zone, proche de l'amas des Pléiades. Nous pourrons même faire une brève incursion à l'intérieur des frontières de l'Empire pour leur laisser croire que nous sommes retournés de l'autre côté de la galaxie. Sarian n'était finalement pas mécontent de la traque initiée par Kera Seravon, cela lui fournissait un excellent argument pour forcer la main des scientistes et faire remplacer les condensateurs du Bellator.

Le flottement dans l'assemblée des membres du collège le conforta dans l'idée que les scientistes n'étaient pas prêts à céder facilement certains éléments de leur technologie. Il y eut quelques apartés furtifs entre les membres, mais il leur fallait se décider rapidement, car les drones de l'Empire ne feraient aucune pause.

En fin de compte, c'est Aaken qui trancha :

- Il semble que nous n'ayons pas tellement d'options. Soit nous vous fournissons des condensateurs soit les impériaux nous trouveront tôt ou tard… À moins que votre porte-croiseurs ne soit détruit au combat face à leur flotte ? lâcha néanmoins le scientiste qui laissa planer le doute sur leurs intentions finales.

Sarian réfuta aussitôt l'argument du scientiste.

- Cela ne ferait pas cesser les recherches, car Kera Seravon sait que le navire est entièrement piloté par une IA. Si vous envisagez que nous soyons faits prisonnier par l'Empire, vous savez qu'ils découvriront inévitablement votre existence après un interrogatoire avec des psykans. Si le Bellator est détruit, Kera pensera que nous sommes restés à bord de l'un des croiseurs. Mon plan est le seul viable, mais il faut faire vite. De toute façon que représente pour vous la fourniture de condensateurs Verakin ? ajouta l'Ildaran avec un air ingénu, digne d'un acteur de théâtre.

- Dans l'absolu, pas grand-chose, face à la survie de notre jeune république, mais cela revient à vous fournir l'accès à nos nouveaux modèles vingt fois plus performants que ceux que vous utilisez. Répondit Yleb visiblement contrarié de se voir forcer la main.

Paul avait sondé les membres du collège et même s'il n'avait pas totalement réussi à lire leurs pensées, car ils étaient protégés par l'équivalent de résilles Kries, l'adolescent avait perçu qu'ils avaient déjà envisagé de réparer le Bellator, mais avec des contreparties que Paul n'avait pu déchiffrer.

- Avoir à bord du Bellator vos condensateurs ne signifie pas que nous saurons les reproduire, vous le savez bien, objecta Sarian.

- En effet, de toute façon, il semble que nous n'ayons pas vraiment d'alternatives. Nous allons changer vos condensateurs, mais nous exigeons en retour un engagement formel de la part d'Ishar Verakin, intervint Korisandre.

Ça y est, nous y sommes. Pensa le garçon.

- Je vous écoute, répondit Paul, très sérieux. L'adolescent endossait le costume d'héritier de l'Empire d'Ildaran.

- Si vous reprenez le trône d'Ildaran, vous vous engagez à nous laisser indépendants et ne pas tenter de reprendre ce système sous le contrôle de l'Empire, intervint Aaken.

Paul réfléchit quelques secondes. Il aurait pu refuser, car les scientistes n'avaient pas le choix : soient ils changeaient les condensateurs du Bellator pour appliquer le plan de Sarian soit ils courraient le risque d'être découverts par Kera Seravon. Celui-ci serait certainement moins enclin à leur laisser l'indépendance et ils s'exposeraient à une guerre longue et coûteuse. Néanmoins, Paul entrevit de nombreux avantages à accepter cette proposition : les scientistes seraient beaucoup plus motivés à l'aider à reprendre le trône si cela garantissait durablement leur modèle de société. Plus besoin de se cacher, ils pourraient commercer et échanger avec l'Empire. Une sacrée opportunité pour les deux parties, car le Bellator avait absolument besoin de leurs innovations technologiques.

- Je pense, messieurs, que de toute façon vous n'avez pas le choix, car, si nous n'appliquons pas le plan de Sarian, votre jeune république sera découverte par l'Empire et vous savez tous ce qu'il en résultera. La première phrase de Paul figea les scientistes et la colère de plusieurs d'entre eux fut instantanément perceptible, mais le garçon enchaînait déjà : néanmoins j'accepte votre offre, car je crois que c'est le meilleur compromis pour nos intérêts respectifs. En contrepartie, je souhaite que vous équipiez le Bellator et nos croiseurs des dernières technologies furtives, de défenses et d'attaques présentes sur vos appareils, y compris une douzaine de drones furtifs pour le Bellator. De notre côté, nous vous permettrons d'étudier le champ de camouflage du Randor pour améliorer vos boucliers. Avons-nous un accord ?

Il y eut un soulagement visible chez les membres du collège, suivi d'un bref conciliabule et leur décision fut rapidement entérinée. Ils savaient, en effet, que leurs options étaient limitées et la certitude de pouvoir conserver l'indépendance de la République de Scienty justifiait, à elle seule, la fourniture de technologies avancées. Pouvoir étudier le bouclier d'occultation du Randor serait la cerise sur le gâteau.

- Nous sommes d'accord, Ishar Verakin. Vous avez bien manœuvré, sourit Aaken. Nous sommes maintenant des alliés inconditionnels de la maison Verakin. Nous avons des intérêts communs à ce que vous l'emportiez sur les Seravon. IA, as-tu officialisé l'accord ?

- Tout est enregistre dans nos banques de donnees et une copie est en cours de transmissions vers Bella.

Tous notèrent avec surprise que l'IA scientiste avait nommé son homologue par le prénom donné par Paul. Ce pourrait-il que ces intelligences artificielles aient développé des sentiments individuels ?

- Parfait. Estimation du délai nécessaire pour remplacer les condensateurs sur le porte-croiseurs et ses appareils ainsi que pour mettre en place des boucliers renforcés ? demanda Ystor, qui était en charge de l'énergie.

- Dans le cas d'un remplacement pur et simple des condensateurs, il suffira de douze heures, car il y a des condensateurs en stocks sur Kriavia 4 et je dispose de toute l'infrastructure d'acheminement. Par contre, les appareils ildarans ne pourront pas utiliser les capacites maximums de ces condensateurs, car les faisceaux supraconducteurs de raccordement ne supporteraient pas la surcharge energetique. Pour mettre a niveau le Bellator avec des faisceaux pouvant encaisser le surplus d'energie, il faudra remplacer une grande partie du cablage. Je ne dispose pas des plans du Bellator, mais c'est une operation qui necessitera au moins trois mois d'immobilisation.

- Bien, dans ce cas l'affaire est entendue. Coordonne le remplacement des condensateurs avec l'IA du Bellator, en tenant compte de la limitation énergétique cohérente avec les capacités de transport de puissance vers les écrans de protection. Et pour les boucliers furtifs ? s'enquit Cheeris.

- Il faudra prevoir le cablage de nouveaux faisceaux, car c'est une technologie tres consommatrice en energie. Impossible de l'installer sans immobiliser les appareils pour une mise a niveau. Dans le cas du Bellator, au moins un mois supplementaire.

- Bien messieurs, je crois que vous allez devoir vous contentez d'un échange standard des condensateurs pour le moment. IA ? Aucune amélioration possible dans un délai si court ? demanda encore Cheeris.

L'IA centrale de Krivia concevait en temps réel les plans de mise à niveau, du Bellator et de ses croiseurs, à partir des données fournies par Bella. Les deux machines pensantes avaient interconnecté leurs neurones synthétiques et les améliorations avaient été parfaitement évaluées. Tous les condensateurs des vaisseaux Verakin pouvaient être échangés rapidement et offriraient une capacité de stockage de l'énergie considérablement accrue. Malheureusement, les faisceaux de transport de l'énergie ne pouvaient pas être remplacés dans un délai aussi bref et ils ne pourraient pas débiter plus d'énergie qu'auparavant. Les systèmes d'armes des croiseurs seraient donc uniquement plus endurants, mais pas beaucoup plus puissants.

En revanche, sur le Bellator, les évolutions seraient particulièrement efficaces, car le navire possédait originellement des condensateurs surdimensionnés pour lui permettre de faire transiter son énorme masse et les faisceaux de raccordement des boucliers avaient été conçus en proportion. L'échange standard des condensateurs allait donc permettre d'utiliser pleinement la puissance des boucliers tout en conservant assez d'énergie pour la transition quantique. L'IA centrale prévoyait également de remplacer les canons à disrupteur qui bénéficieraient largement du surplus d'énergie. Les systèmes d'armes détruits par les tirs du Carou 4 pouvaient presque tous être réparés et redonneraient au gros vaisseau la quasi-totalité de ses capacités offensives. Enfin, l'amélioration considérable des performances des condensateurs permettrait au Bellator d'utiliser pleinement ses filets surpuissants de captage de matière noire et de ravitailler dans des délais ultra-courts.

- Bien. Plutôt positif, ces améliorations techniques. Constata Sarian, visiblement satisfait de l'accord conclu. Mais Paul avait-il mesuré les conséquences, pour l'Empire, de laisser cette république indépendante ?

Pour l'exécution de leur stratégie de diversion, le renforcement de la puissance des condensateurs allait permettre de se déplacer sur plusieurs milliers d'années-lumière sans avoir à recharger en matière noire. Un atout considérable face aux navires impériaux.

Sarian avait prévu d'émerger à proximité des appareils impériaux après un saut conséquent et d'engager un bref combat. Leurs détecteurs enregistreraient l'intensité de l'ébranlement de la structure de l'espace et les convaincraient que le navire était pleinement opérationnel. Puis le Bellator cesserait le combat pour transiter à, au moins, mille années-lumière du conflit.

- Cela devrait laisser perplexes les stratèges de la flotte, affirma l'Ildaran avec un sourire.

Certains membres du collège, et en particulier Yleb, n'étaient pas vraiment favorables à la fourniture d'armes au gros navire, car ils craignaient que ces technologies offensives puissent un jour se retourner contre eux. Yleb s'en était d'ailleurs ouvert franchement à Sarian.

- Je ne me fais aucun souci pour vous, plaisanta celui-ci, avec le potentiel scientifique que vous avez concentré, vous allez rapidement rendre nos armes obsolètes.

Le sourire, à peine dissimulé, de plusieurs membres du collège prouva que Sarian avait visé juste. Les scientistes possédaient certainement déjà des armes plus sophistiquées que celles qu'ils allaient mettre à disposition d'Ishar Verakin. D'un autre côté, il fallait qu'ils l'aident au maximum, car si le Bellator était pris à partie par une flotte importante et qu'il soit détruit, leur accord ne servirait plus à rien. Le risque le plus important étant que l'un des membres de l'équipe de Paul soit capturé et révèle l'existence des scientistes. L'IA centrale avait donc reçu comme instruction de transférer tout ce qui était possible, en une vingtaine d'heures, sur le Bellator et les neuf croiseurs d'attaque. Des milliers d'androïdes de maintenance avaient été mobilisés en urgence pour répondre à ce formidable challenge que représentait ce chantier éphémère.

Le séjour des Ildarans sur Kriavia 1 allait être abrégé, car il leur fallait déjà repartir vers Kriavia 4 afin de rallier, au plus, vite le porte-croiseurs. Tous espéraient que l'Empire ne découvrirait pas la république scientiste d'ici les trente-six prochaines heures.

Des dizaines de drones furtifs avaient été déployés dans les systèmes de la zone de recherche impériale et rapportaient que les cent dix croiseurs étaient positionnés, à quatre-vingt-cinq années-lumière de l'amas, dans le système d'Aldébaran. Le secteur de recherche s'était déjà élargi à un quadrant de quarante années-lumière autour du système d'Epsilon Eridani et s'entendait sans cesse. Parallèlement, un blocus complet du système solarien avait été mis en place, probablement au cas, où Paul serait encore sur Terre. La réunion avec le collège scientiste fut donc écourtée et tous les membres de l'équipe de Paul regagnèrent leurs appartements afin de rassembler leurs affaires et rejoindre l'astroport au plus vite.

Paul était dans la salle de bain lorsque le chuintement caractéristique de l'ouverture de la porte d'entrée de son appartement lui fit dresser l'oreille. Il n'attendait personne d'autant que l'ouverture ne devait, en principe, se déclencher qu'à son initiative. L'adolescent projeta son esprit et ne rencontra que le vide. Il fut donc immédiatement sur la défensive, surtout après l'attentat avorté dans l'espace.

L'adolescent enclencha son bouclier défensif et dégaina son katana en Arkrit. Il regrettait, à cet instant, de ne pas avoir un pulseur à aiguilles. Le garçon se déplaça lentement, aussi silencieusement que possible, et s'approcha de la porte de la chambre afin d'avoir une vue directe sur le salon. Il ne dut qu'à son bouclier de ne pas avoir la tête pulvérisée par la salve d'un pulseur à aiguilles. Heureusement qu'il n'était pas chargé avec des fléchettes en Arkrit ! Eut-il le temps de penser avant d'être entraîné dans le combat.

- [Oria, on m'attaque, au secours] Paul eut le réflexe de lancer un appel mental avant que ses agresseurs ne soient sur lui.

Ils étaient trois, armés de pulseurs à aiguilles et de couteaux en Arkrit. Paul activa aussitôt la résonnance vibratoire de son sabre, car ses agresseurs étaient, eux aussi, protégés par des boucliers *Horlzson*. Le combat s'engagea immédiatement et l'adolescent ne dut sa survie qu'à sa longue pratique de l'Aïkido, complétée par les entraînements de Darin.

Au moins mes adversaires ne sont pas améliorés aux Nanocrytes de combat, se réjouit-il après le premier regard. Ses adversaires ne lui laissèrent pas le temps de réfléchir et se jetèrent sur lui, de concert, avec l'intention évidente d'en finir rapidement.

Les réflexes de l'adolescent jouèrent à plein et il plongea dans une chute avant, sabre à l'horizontale. L'attaquant de gauche fut mortellement touché et porta la main à son ventre ensanglanté, ouvert sur vingt centimètres. La surprise fut totale, car les trois assaillants ne s'attendaient visiblement pas à ce que Paul soit armé, avec un sabre en Arkrit de surcroît. L'injection de Nanocrytes, de type six, semblait également avoir commencé à produire ses effets, car le jeune homme avait réagi avec une force et une vitesse qui l'avait, lui-même, surpris.

Après un court moment de flottement, ses deux adversaires, restant en état de combattre, se placèrent de part et d'autre de lui, poignards levés. Ils se méfiaient de cette lame de soixante-douze centimètres maniée par un jeune homme manifestement très entraîné. Soudainement, l'un des agresseurs attrapa vivement une petite arbalète à impulsion, accrochée dans son dos, et mit Paul en joue. Paul n'eut que le temps de crier : [NON !]. Ses joyaux se mirent à étinceler et son adversaire porta sa main libre à sa tête en s'effondrant terrassé. Il avait néanmoins eu le temps de décocher la fléchette en Arkrit qui vint se ficher dans l'épaule gauche du jeune homme. La douleur fut aussi fulgurante que brève. Les Nanocrytes avaient instantanément stoppé la circulation sanguine autour de la blessure et bloqué les transmissions nerveuses véhiculant la douleur.

Le dernier adversaire n'eut pas le temps de tenter un troisième assaut : la porte de l'appartement de Paul disparue sous l'action d'un disrupteur moléculaire. Sarian et Darin se ruèrent dans la pièce, lame en Arkrit dans la main droite et pulseur dans la gauche. Livion entra à leur suite, suivi de deux de ses soldats, le disrupteur encore à la main. Le dernier agresseur tenta de s'échapper, mais il ne pouvait rien contre des combattants surentraînés, améliorés aux Nanocrytes de combat. Sarian tenta de le prendre vivant, mais, se rendant compte de l'impossibilité de fuir, l'homme se plongea sa propre lame dans la poitrine. Le premier agresseur de Paul, blessé au ventre, activa un dispositif à son poignet en gardant le regard rivé sur Paul.

Sarian comprit immédiatement et hurla :

- Tout le monde dehors ! Il attrapa Paul et l'expédia à travers la
  porte, dans le couloir.

Grâce à leurs améliorations, les Ildarans eurent le temps de plonger
dans le couloir, mais les deux soldats scientistes, moins rapides,
n'avaient pas encore atteint le seuil de l'appartement qu'un
énorme flash projeta une boule de plasma à travers la porte. Sarian
avait percuté Livion et lui avait sauvé la vie, car tout ce qui se
trouvait dans l'axe du feu meurtrier fut instantanément vaporisé
par la mine plasmatique qui avait dégagé plus de quinze mille
degrés. Le bâtiment était heureusement construit dans une
structure moléculaire capable de résister à un tir de disrupteur,
mais tout ce qui n'avait pas été protégé derrière une cloison n'était
plus que particules de gaz surchauffé.

À part les deux hommes de Livion, il n'y avait que deux blessés
légers et les Ildarans n'avaient à déplorer que quelques brûlures
superficielles qui seraient vite guéries par leurs Nanocrytes
médicales. Les cheveux d'Oria étaient un peu roussis, mais sans
gravité, et Paul avait une légère blessure au coude, suite à son
atterrissage brutal contre la cloison.

Livion était livide, il n'avait jamais imaginé que l'on puisse attenter
à la vie d'Ishar Verakin au sein même du siège du collège
scientifique et encore moins avec des armes de cette nature. Il n'y
avait pas eu de violence dans la République depuis plus de quinze
ans. Il ne comprenait même pas comment des assassins, si bien
équipés, avaient pu s'entraîner sur Kriavia. Trois de ses hommes
arrivèrent en renfort et restèrent hébétés devant le spectacle de
destruction.

Les deux gardes postés à l'extérieur avaient été abattus au pulseur
et gisaient dans une mare de sang le long du mur. L'appartement
de Paul était entièrement vitrifié et il n'y avait plus aucune
particule de matière exploitable pour une enquête. Les

responsables de l'attentat avaient détruit toute preuve éventuellement compromettante.

- Il faut prévenir le collège, réussi à articuler Livion.

- Il faut surtout évacuer rapidement Ishar Verakin sur notre vaisseau. C'est le seul endroit où il sera vraiment en sécurité, répondit Sarian d'un air grave.

- Mais comment sont-ils parvenus jusqu'ici ? s'interrogeait encore Livion. Ces bâtiments sont totalement sécurisés à cause des recherches qui y sont menées. Seuls les individus très proches de cette unité de recherche peuvent avoir accès à ces étages.

- Cela signifie que le commanditaire de cette attaque est proche du collège scientifique ou doit avoir des complices, avança Sarian.

- Nous n'avons jamais eu d'actes de violence de cette importance depuis la création de la République ! balbutia l'un des hommes de Livion.

- Et bien, il semble que mon arrivée dérange des gens hauts placés, ajouta Paul. La fléchette était toujours plantée dans son épaule, mais il ne ressentait aucune douleur.

- Approche, je vais ôter ça de ton épaule, lança Oria, qui s'était avancée.

- Ce n'est pas risqué de la retirer comme ça ? Je pourrais faire une hémorragie. S'enquit l'adolescent en fixant la chevelure de l'Ildarane.

- Tu ne risques rien. Tes Nanocrytes sont déjà à l'œuvre et ont isolé le trauma. Tout risque d'hémorragie ou d'infection est jugulé. Dans un second temps, elles vont accélérer la reconstitution cellulaire. Dans quarante-huit heures, tu n'auras même plus de traces de blessure. Répondit l'Ildarane en posant sa main gauche sur la clavicule du garçon. Sa main droite empoigna la fléchette et l'arracha d'un coup sec. La pointe était ronde et la blessure propre, mais profonde. À deux centimètres près, le cœur aurait été atteint. Les joyaux de Paul venaient de le sauver une nouvelle fois.

- Tu t'en tires bien, fit remarquer Darin.

- Oui, mais heureusement que j'ai suivi tes consignes. J'ai activé mon bouclier immédiatement et je portais mon sabre. Sinon ils auraient probablement réussi leur coup.

- Heureux de savoir que mes leçons ont porté leurs fruits. Lui répondit le lieutenant de Sarian le plus sérieusement du monde.

Mélanie venait d'arriver et fixait la scène d'un air atterré devant l'étendue des dégâts dans la suite de Paul. L'adolescente semblait avoir retenu les leçons de Darin, car son bouclier était activé : Paul décelait la légère irisation, caractéristique du système de protection.

La jeune Française ne put même pas articuler un mot lorsqu'elle découvrit les gardes à la poitrine déchiquetée par les pulseurs. Elle eut un sursaut d'écœurement, mais parvint à se contenir en détournant la tête pour ne pas vomir. La température dans la suite était redevenue normale, mais les murs étaient noircis par la chaleur de la mine plasmatique et tous les meubles et objets contenus dans la pièce principale avaient tout bonnement disparu. Pallaron restait à proximité de la jeune fille, prêt à l'évacuer en cas de danger, la main sur son poignard.

- Bien, Livion, reprit Sarian. Je pense qu'il est plus qu'urgent que nous repartions vers l'astroport avant que le, ou les, commanditaires de cette agression n'aient le temps de se retourner. En espérant qu'ils n'aient pas prévu de plan B.

- Je fais amener immédiatement les glisseurs, réagit le lieutenant scientiste.

- Non. Sauf votre respect, je préférerais utiliser les œufs de transport. Ce sera plus rapide et plus difficile à intercepter, car c'est l'IA générale qui régule le trafic et il est impossible de connaître, en temps réel, la position d'un œuf en particulier. Nos adversaires ne pourront donc pas cibler l'œuf dans lequel se trouvera Paul, surtout si nous entrons en groupe dans le terminal de transport. Répliqua Sarian, qui avait déjà évalué la situation.

- Vous avez raison, allons-y tous de suite. Rial, Tonon, ouvrez le chemin, arme à la main, prête à tirer, ordonna Livion à ses hommes encore traumatisés.

Oria donna la fléchette d'Arkrit à l'un des scientistes en lui demandant de la faire analyser. Si elle venait de Kriavia, il devrait être possible de retracer la source du façonnage moléculaire ayant produit ce petit carreau d'une seule pièce.

Sarian les pressa et le groupe complet se dirigea vers l'ascenseur à gravité contrôlée. Un terminal de transport était situé au quatrième sous-sol de la tour et ils y furent en quelques secondes. L'Ildaran avait son air grave des mauvais jours et reprochait directement aux scientistes de n'avoir pas su mettre en place une protection efficace.

Comme Sarian s'y attendait, le système de transport de Kriavia était resté presque identique à ce qui existait dans l'Empire. Il suffisait de commander un déplacement en indiquant la destination et le nombre de personnes à transporter. L'IA de régulation du trafic envoyait les œufs disponibles les plus proches et les pilotait jusqu'à l'arrivée. Moins de quarante secondes plus tard, il y avait déjà deux appareils en approche. Livion et ses hommes montèrent dans le premier œuf, quatre places, qui se mit immédiatement en mouvement. À eux d'assurer que le terminal d'arrivée soit sécurisé. Le second était un biplace et cela n'arrangeait pas Sarian, mais ils n'avaient pas le temps de faire le difficile. Il monta avec Paul, laissant le reste du groupe devant le sas d'attente. Heureusement, à cette heure-ci, le trafic était faible et un nouvel œuf se présenta quelques secondes plus tard. Les trois Ildarans et Mélanie l'empruntèrent sans attendre.

La durée du parcours fut brève : les cent kilomètres, les séparant de l'astroport, furent parcourus en moins de neuf minutes. Lorsque Sarian sortit de l'œuf biplace, il était extrêmement tendu, ne sachant pas ce qui l'attendait. Aucune mauvaise surprise, néanmoins, car il se retrouva face aux dos de Livion et ses hommes qui scrutaient le terminal, les armes à la main. Sarian soupira, car il avait craint une traîtrise de la part d'un des hommes de Livion ou un plan B des commanditaires de l'attentat.

Pallaron, Darin et Telius, accompagnés de Mélanie, émergeaient déjà du sas de transport et Oria suivit quelques instants plus tard. Sarian planifiait déjà leur rapatriement vers le Bellator.

- Paul. Fait atterrir le croiseur scientiste, je ne veux pas risquer une autre interception. J'alerte Bella qu'elle envoie les cinq croiseurs opérationnels, à notre rencontre au cas où. Ordonna l'Ildaran sans se rendre compte du ton employé à l'encontre de son empereur.

- Tu n'as pas peur d'un incident diplomatique avec les scientistes ? demanda Paul en lançant une injonction mentale à l'IA de la frégate en orbite.

- Nous l'avons déjà. Sans tes réflexes, tu serais mort. Ils n'ont pas su te protéger efficacement, qu'ils ne viennent pas se plaindre que l'on cherche à assurer notre protection nous-mêmes. Répondit l'Ildaran en essayant de garder son calme tant il était en colère contre les scientistes.

- Compte tenu de leurs avancées technologiques, nos croiseurs ne tiendraient pas cinq minutes devant leurs appareils, intervint Telius. Cela ne servira donc pas à grand-chose de les faire venir. Par contre, cela pourrait différer le remplacement de leurs condensateurs. Tu devrais plutôt demander que le trafic spatial soit complètement dégagé pour notre frégate. Si un appareil enfreint le black-out, qu'il soit considéré comme hostile. Ajouta l'Ildaran.

- Tu as raison. Livion, qu'en pensez-vous ? Est-il possible de stopper le trafic spatial sur un plan de vol nous amenant à la base orbitale de Kriavia 4 ? demanda aussitôt le chef de la garde de Paul.

- Cela ne s'est jamais fait, mais compte tenu des circonstances je vais en référer immédiatement à Cheeris, c'est elle qui a en charge la défense pour ce cycle directif. Par contre de quelle frégate parlez-vous ? Les appareils militaires ne sont pas autorisés à croiser à proximité de Kriavia, s'étonna le commandant scientiste.

- Dites cela à celui qui a commandité la destruction de notre navette à notre arrivée. Le vaisseau de combat qui se pose en face de nous a failli nous anéantir, répliqua l'Ildaran, d'un air un peu sardonique devant la mine ébahie de l'officier.

La frégate rapide venait de se poser face à la baie vitrée du terminal qui faisait face au tarmac de l'astroport. Sarian ne chercha pas à savoir ce qu'était un cycle directif, probablement une période pendant laquelle les membres cooptés dirigeaient la République de Scienty. Ce qui l'importait c'était que leur appareil soit assuré d'être seul sur le plan de vol vers Kriavia 4.

Livion était un peu dépassé par les évènements et totalement abasourdi de voir se poser un navire militaire sur cet astroport civil, mais il était suffisamment intelligent pour s'adapter à la situation. Il ordonna à l'IA de l'astroport de raccorder un cordon d'embarquement de leur terminal vers la frégate.

À peine l'ordre passé, Cheeris appelait sur son communicateur individuel. Livion lui fit un rapport complet et la membre du collège fut visiblement aussi surprise par l'attaque que par la présence d'un navire de combat sur la planète principale, de surcroît sous les ordres d'Ishar Verakin. Elle resta néanmoins parfaitement calme et affirma que le trafic serait exceptionnellement interrompu entre Kriavia et la base orbitale.

Le cordon de transfert s'était raccordé et tous s'engouffrèrent dans l'ouverture en direction du petit vaisseau spatial. À peine à bord, le petit appareil s'élança à vitesse maximum vers la quatrième planète du système. Dès qu'il fut en orbite, la frégate scientiste activa ses boucliers furtifs et défensifs au maximum de leurs possibilités en accélérant jusqu'à sa vitesse de croisière de 0,5 C. À cette allure, et compte tenu des vitesses orbitales différentes des deux planètes : le trajet était plus court de deux millions cinq cent mille kilomètres qu'au moment de leur arrivée. Ils seraient à bord du Bellator dans soixante-douze minutes. Cette fois-ci pas de passage par la station orbitale, le petit navire apponterait directement dans un dock libre du porte-croiseurs.

Sarian était encore inquiet, mais il commençait à se détendre. Le, ou les, commanditaires pouvaient difficilement avoir anticipé qu'ils repartiraient dans un appareil militaire et que le trafic spatial serait interrompu. Il était également beaucoup plus difficile de retenter le coup de l'attaque en plein vol, car leur navire actuel était équipé de détecteurs capables de repérer un navire furtif.

Le danger le plus immédiat était une tentative de sabotage des condensateurs en cours d'installation à bord du Bellator. Mais difficile d'imaginer que leurs ennemis aient pu anticiper la négociation intervenue moins de deux heures plus tôt ainsi que l'échec de leur dernier attentat. Il faudrait certainement surveiller les androïdes d'installation, mais Bella pourrait aisément sonder leurs IA avant qu'ils ne s'approchent du Bellator. Sarian se mit en contact avec elle pour lui ordonner d'interdire toute entrée à bord de porte-croiseurs. Ce serait aux androïdes du Bellator de raccorder les nouveaux condensateurs et de réceptionner les disques-torpilles et drones furtifs. À la charge des scientistes de leur fournir les données techniques nécessaires au montage.

Ce surplus de précautions risquait de les retarder un peu, mais c'était le prix à payer pour éviter une nouvelle attaque. Le trajet vers Kriavia 4 fut parfaitement silencieux et extrêmement tendu. Chacun réfléchissait aux conséquences de ce second attentat et Sarian, tout comme Paul ou Oria, espérait vivement que leurs ennemis n'aient pas le temps d'organiser une nouvelle opération. Tout se déroula heureusement sans accroc et ils furent rapidement en vue de la grande station orbitale. Malgré l'impressionnant spectacle offert par la grande sphère habitée, l'ambiance n'était pas au tourisme et personne n'observait les projections holographiques de leur approche en orbite.

La frégate était en visuel du Bellator et la porte du dock numéro 7 s'ouvrit pour la laisser apponter. Livion et ses hommes étaient un peu tendus à l'idée de se retrouver à bord d'un bâtiment de la marine ildarane, mais l'officier ne fit aucune remarque.

Le petit navire scientiste semblait minuscule dans l'espace réservé d'ordinaire à un croiseur de combat. Le cordon de raccordement fut accolé dès l'appareil immobilisé par les grappins gravitiques et Sarian ne perdit pas une seconde en s'engageant immédiatement dans le tube.

- Bella, fais-nous un rapport de la situation depuis notre départ, ordonna l'Ildaran dès qu'il fut à bord du porte-croiseurs.

L'unité pensante du gros vaisseau transmit les dernières informations attendues par Sarian. Les détecteurs du bord n'avaient enregistré aucun incident à part de nombreux balayages de senseurs actifs, rien de significatif avant les quatre-vingt-douze dernières minutes. Bella avait été contactée par l'IA de la station orbitale qui l'avait informé que des condensateurs de remplacement étaient attribués au Bellator et aux neuf croiseurs. Conformément aux instructions, l'IA du porte-croiseurs n'avait pas autorisé les androïdes scientistes à monter à bord et ses propres unités de maintenance avaient réceptionné les matériels à proximité des portes d'accès. Les services de maintenance de la station orbitale avaient envoyé des condensateurs utilisés par les grands minéraliers spatiaux. C'était ce qu'ils avaient de plus puissant et de plus modulaire, en stock. Ils étaient moins compacts que les condensateurs militaires, mais pouvaient être connectés en série et avec l'espace dédié dans le Bellator il était prévu d'apparier vingt-quatre condensateurs simultanément. Cela augmenterait la capacité énergétique de quatre cent cinquante pour cent.

La remise en état et la mise à jour des systèmes d'arme du gros navire devaient prendre encore seize heures, mais ensuite, tous les boucliers *Horlzson* seraient pleinement opérationnels. Bella affirma également que quatre-vingts pour cent de ses systèmes d'armes seraient utilisables et qu'avec les nouvelles torpilles autoprotégées plus les faisceaux disrupteurs renforcés, ils bénéficieraient d'un avantage décisif en cas d'affrontement.

- Et pour les croiseurs ? s'enquit Sarian.

- Le remplacement est en cours et sera termine dans huit heures. L'approvisionnement en torpilles AP est deja effectue. Leur compacite permet d'augmenter le nombre de munitions embarquees de trente pour cent. Les scientistes vont egalement nous fournir quatre drones furtifs par croiseurs.

- En plus des douze, fournis sur le Bellator ? s'étonna l'Ildaran

- Oui

- Parfait. Fais-nous préparer un déjeuner dans la salle à manger principale, on s'y retrouvera dans dix minutes.

- Irias est deja a l'œuvre, il vous attend.

Sarian sourit, l'intendant de Paul devait être marri de ne pas avoir pu le suivre à terre, surtout après avoir été informé de l'attentat.

Sans attendre, ils se rendirent tous dans la grande salle à manger du vaisseau. Toute l'équipe de Sarian les attendait et était visiblement rassurée de les savoir à bord. Ils avaient suivi leurs pérégrinations sur Kriavia grâce à Bella, qui avait retransmis toutes les informations à sa disposition. L'agression de Paul avait mis le vaisseau en émoi et ils étaient tous remontés contre les scientistes incapables, à leurs yeux, d'assurer la sécurité de leur souverain. Sarian rassura tout le monde et dévoila son plan en détail.

Livion et ses hommes avaient débarqué à l'aide d'un tube de transfert brièvement connecté au Bellator. Le commandant scientiste aurait souhaité repartir avec le vaisseau furtif, mais Paul avait considéré qu'il s'agissait d'une petite compensation pour les ennuis rencontrés. En fait, il ne souhaitait pas que les scientistes analysent l'IA et découvrent qu'elle avait été asservie par un psykan. L'officier ne fut pas ravi de la décision unilatérale du garçon, mais resta imperturbable. Ce n'est que grâce à ses talents mentaux que Paul s'en aperçut.

Tous attendaient maintenant que les travaux de mise à niveau soient finalisés pour appareiller en direction de la flotte impériale, stationnée au large de la géante rouge du système d'Aldébaran.

Les membres de collège avaient successivement présenté leurs excuses à Paul, promettant que tout serait mis en œuvre pour retrouver les commanditaires de ces attentats ignobles. Leur enquête s'annonçait ardue, car il n'y avait aucun commencement de piste. Tous les éléments matériels avaient disparu : que ce soit l'androïde détruit dans l'espace ou les indices vitrifiés dans la chambre de Paul. Ces incidents allaient néanmoins servir la cause de Paul, car les scientistes se sentaient responsables de l'échec de leur équipe de sécurité et l'accord conclu les motiverait encore plus à lui fournir toute l'assistance technique nécessaire. Le fait qu'ils aient livré plus de drones furtifs que prévu semblait accréditer cette thèse et ne déplaisait pas à Sarian.

Le plan de l'Ildaran prévoyait de s'éloigner, dans un premier temps, de plus de huit cents années-lumière de l'amas des Pléiades puis de transiter directement vers Aldébaran. Ce stratagème devrait permettre d'induire en erreur les impériaux. Sarian consulta, une nouvelle fois, les derniers relevés sur la flotte impériale provenant des drones furtifs des scientistes. L'Ildaran avait espéré que celle-ci se disperse afin d'accélérer les recherches, mais l'amiral qui commandait cette flotte devait connaître les capacités offensives du Bellator, car il n'avait pas divisé ses forces. Nonobstant, il ne s'attendait certainement pas à une attaque, car ses vaisseaux n'étaient pas en état de défense. Les boucliers étaient désactivés et il était probable qu'ils n'aient pas calculé de procédures de saut d'urgence. Sarian commençait à prendre plaisir au déroulement de cette opération coup de poing. L'arrogance des Seravon allait leur coûter cher si leurs vaisseaux n'étaient pas parés à transiter en urgence.

Le montage des condensateurs progressait rapidement et tous les croiseurs étaient prêts à revenir à bord, parés au combat. Les soutes à munitions étaient pleines de nouvelles torpilles AP et les boucliers défensifs avaient augmenté leurs capacités de dix pour cent en plus d'une durée d'utilisation, à pleine puissance, multipliée par quatre. Impossible d'aller au-delà sans risquer de griller les faisceaux supraconducteurs de transmission d'énergie. Cela leur donnait un considérable avantage en défense face à des cibles multiples qui ne pourrait pas venir à bout de leur champ *Horlzson* sans s'exposer à leurs faisceaux disrupteurs renforcés en cours d'installation.

Sur le Bellator, douze condensateurs avaient déjà été raccordés et les douze autres seraient installés sous huit heures. Le déroulement du programme suivait son cours. Du côté des impériaux, les drones avaient déjà contrôlé plus de quarante systèmes solaires à partir d'Epsilon Eridani et ils continuaient inlassablement leur quête.

Après un lunch rapide, Paul et Mélanie regagnèrent leurs appartements. Ils écoutèrent un peu de musique sur leurs baladeurs, Bella ayant réussi à produire un courant compatible pour leurs chargeurs. Cela leur fit beaucoup de bien de s'isoler dans une bulle musicale qui leur rappelait leur vie d'avant. Moins d'un mois auparavant, ils étaient encore des adolescents normaux… Paul écoutait The Killers à fond alors que Mélanie, plus mélancolique, s'était immergée dans *Apologize*, un morceau pop de One Republic.

La pause nostalgie fit de nouveau remonter leurs émotions à la surface. Ils pensaient à leurs parents, à leurs amis et bien sûr à Stéphanie et Alex. Contrairement aux fois précédentes, Paul réussit à contrôler ses émotions et n'émit aucune impulsion mentale désespérée. L'adolescent prit la décision de retourner sur Terre, dès que possible, et cet objectif, même lointain, lui redonna du baume au cœur.

- PAUL ? DARIN SOUHAITE QUE TU LE RETROUVES DANS LA SALLE D'ENTRAINEMENT. Bella interrompit la séquence nostalgie.

- La barbe avec ses entraînements, j'en ai marre, rétorqua l'adolescent.

- ORIA PENSE QUE CELA T'OCCUPERA L'ESPRIT.

Au fond de lui, le garçon savait que l'Ildarane avait raison et se transporta directement dans la salle d'armes du gros vaisseau. Il songea que c'était la première fois qu'il utilisait ses talents de déplacement à l'intérieur du Bellator.

Darin l'attendait avec des armes de toute nature en corodrium. Il y avait, bien entendu, les traditionnels couteaux impériaux, mais également des épées, des sabres, des haches et tout type d'engins médiévaux.

- C'est un cours d'histoire ou un entraînement, s'amusa Paul impressionné par cet étalage d'armes anciennes.

- Larsen m'a fourni des détails sur les armes utilisées sur Polona et j'ai demandé à Bella de les reproduire en corodrium. Cela nous permettra de nous entraîner sous la protection des boucliers *Horlzson* sans aucun risque, répliqua Darin très sérieusement. Il voulait que Paul comprenne bien qu'il ne s'agissait pas d'un jeu, mais d'un entraînement nécessaire.

- Tu crois vraiment qu'il est indispensable d'apprendre à se servir de tous ces engins, fit Paul, un peu incrédule, en soulevant une masse d'arme hérissée de pointes.

- Pas à s'en servir, mais à s'en défendre. Apprends déjà à te servir correctement d'un sabre, pour le reste on verra plus tard. Nous allons voir si tes Nanocrytes ont commencé à produire leurs effets.

Sans attendre, l'Ildaran attaqua Paul. Ce dernier ne dut qu'à ses réflexes d'activer son bouclier et de dégainer son katana qui ne le quittait plus. Darin sembla satisfait par la parade et par la riposte que lui porta l'adolescent. La suite ne fut qu'une succession d'assauts, de bottes, d'esquives et d'attaques de plus en plus rapides et complexes.

L'après-midi passa ainsi. Mélanie vint les rejoindre et souhaita également apprendre à se défendre. Darin lui enseigna quelques techniques, mais la jeune fille partait de zéro et il lui faudrait un long entraînement pour être capable de se protéger, face à un combattant aguerri. Néanmoins, elle était motivée et semblait avoir de bonnes prédispositions. Darin lui attribua un sabre léger qui pouvait paraître fragile, mais façonné en corodrium, il résisterait, sans problème, à toutes les armes blanches produites sur Polona.

Vira, Oria, Telius, Pallaron et Xionnes vinrent se joindre à eux pour s'entraîner et les adolescents purent observer les talents de

Darin. Ils étaient tous améliorés aux Nanocrytes de type six, mais Darin surclassait aisément ses amis dans la maîtrise d'armes de toutes sortes.

Telius parvint presque à l'atteindre sur un assaut, mais il se retrouva en déséquilibre, le poignard de Darin tenu de la main gauche sous sa gorge. Ce fut le seul instant où Darin fut, un tant soit peu, menacé. Même en l'attaquant à quatre, les Ildarans ne purent le défaire.

Mélanie et Paul étaient réellement impressionnés par sa dextérité et leur jugement sur Darin s'en trouva grandi. Ils étaient entraînés par un maître d'armes, cela ne faisait plus aucun doute. Lorsque ce fut, de nouveau, au tour de Paul de l'affronter, l'adolescent chercha à s'appliquer pour lui montrer qu'il avait compris le message.

Après une bonne douche, toute l'équipe se retrouva de nouveau dans la grande salle à manger. Sarian en profita pour discuter, avec Paul, de l'accord conclu avec les scientistes.

- Cet accord est une excellente chose, à court terme, car il va nous donner accès à des technologies de pointe, mais as-tu songé aux implications à long terme pour l'Empire ? demanda l'Ildaran.

- Que veux-tu dire ? répondit l'adolescent en relevant les sourcils.

- Comme dans toute décision, il y a souvent un revers à la médaille. Cet accord pérennise l'isolationnisme des scientifiques les plus doués, issus d'Ildaran. Que sera la recherche dans l'Empire sans eux ? Nous risquons de devenir totalement dépendants des scientistes.

- J'y ai songé. Ce sera à nous de faire en sorte que l'Empire redevienne plus attractif pour les scientifiques. Je ne pense pas que les générations suivantes se satisferont de vivre sous dômes et je compte faire construire de grandes unités de recherches indépendantes sur une planète accueillante. Quel meilleur moyen de les faire revenir ? rétorqua le garçon en souriant.

- Bien. Je suis rassuré que tu aies réfléchi aux conséquences de ta décision. Conclut Sarian.

Paul n'était pas mécontent de cet échange avec l'Ildaran qui lui avait permis d'asseoir son autorité, non pas d'une manière purement hiérarchique et héréditaire, mais en lui démontrant la justesse de ses choix. L'adolescent appréciait particulièrement ces instants de complicité dans l'équipe, il lui semblait que tous ces hommes faisaient partie d'une même famille. Ils avaient passé dix-sept ans sur Terre, à veiller sur lui, et il en ressentait une sorte de fierté. Ces hommes et femmes avaient dédié leur vie aux Verakin et aujourd'hui ils étaient traqués dans toute la Voie Lactée. Impossible de revoir leurs proches tant que Kera Seravon serait sur le trône. Il leur devait une attitude exemplaire et ses idées d'adolescent, encore un peu immature, s'évanouirent sous le poids de cette responsabilité.

Cette prise de conscience, un peu tardive, lui fit lever son verre

- Je lève mon verre à notre réussite, à la chute de Kera Seravon, et j'en profite pour vous remercier tous de ce que vous avez fait pour ma famille. Je partage avec vous la douleur de la perte de Briza et Prag. J'espère être digne de vos attentes envers le trône impérial.

Mélanie regarda le jeune homme, surpris de cet élan, mais la réaction des Ildarans lui fit un peu peur, car ils se mirent tous à crier simultanément « Ildaran Verakin Friik ». Paul comprit à cet instant qu'il avait probablement gagné leur respect. Ce groupe-là serait prêt à le suivre en enfer et c'est peut-être cela qui les attendait, car les paroles de l'émissaire lui revinrent une nouvelle fois en mémoire : « Cette galaxie, dans le plan d'existence sur lequel tu vis, est en grand danger... , l'empereur actuel est corrompu par des ennemis insidieux qui veulent la perte de cette région de l'univers dans tous les plans d'existence ». Paul n'avait pas intégré toute la dimension de cet avertissement, mais il était conscient que cela devait être important pour que les Al-Heoxyrians se dévoilent, pour la première fois directement, après des dizaines de milliers d'années.

Le reste du repas se déroula plus calmement et ils allèrent tous se reposer dans leurs cabines respectives. Paul eut un peu de difficultés à trouver le sommeil, mais il finit par s'assoupir. Il fut réveillé par la voix de Bella.

- APPAREILLAGE IMMINENT. PAUL, SARIAN T'ATTEND DANS LA SALLE TACTIQUE POUR TRANSMETTRE UN MESSAGE AUX SCIENTISTES. Le réveil fut un peu brutal, mais Paul avait totalement récupéré et fut instantanément sur pied. Ses Nanocrytes de combat commençaient à produire leurs effets et, même si sa vitesse n'avait pas significativement augmenté, les assauts de la veille avaient démontré que sa condition physique progressait, surtout ses capacités d'endurance et de récupération. Finalement, les améliorations étaient plus rapides que prévu.

L'adolescent enfila une tenue de bord et se transporta directement dans la salle tactique. Sarian sursauta à son arrivée, il avait encore du mal à s'habituer aux facéties du garçon qui semblait prendre un malin plaisir à surprendre son mentor.

Plusieurs Ildarans étaient présents sur la passerelle et Oria rit franchement alors que Darin se contenta d'un froncement de sourcil amusé.

- Paul, j'ai Quirtan en holocom, il souhaiterait te parler. Heureusement qu'il était hors champ, inutile de leur dévoiler tes capacités, souffla Sarian, un rien agacé. Paul entra dans le champ holographique de retransmission et Quirtan l'aperçu.

- Majesté, je suis désolé de ne pas avoir eu le loisir de vous rencontrer personnellement. J'ai appris l'agression dont vous avez été victime et sachez que nous ferons tout pour retrouver le ou les commanditaires. J'espère que vous ne nous en tiendrez pas rigueur. Vous serez toujours le bienvenu dans notre république et j'espère que nos accords sont le début d'une fructueuse collaboration.

- Merci, Quirtan. Rassurez-vous, je ne vous tiendrais pas responsable de ces tentatives de meurtre. Je suis désolé pour la perte de vos deux hommes et je vous remercie de l'aide que vous nous avez fournie qui sera décisive dans le combat que nous menons contre l'usurpateur. Je tiendrais parole et la République de Scienty restera indépendante. Nous nous reverrons certainement prochainement, car nous avons encore besoin de vos technologies pour améliorer le Bellator. Longue vie à votre peuple, répondit solennellement Paul.

- Merci, Votre Altesse. Vos paroles toucheront l'ensemble de nos concitoyens. Nous vous apporterons toute l'aide nécessaire dans votre combat. Certains d'entre nous se demandent cependant comment vous avez détecté la frégate furtive et comment vous l'avez neutralisé depuis une navette civile. Même si la question avait été posée sur un ton policé, la pointe de curiosité qui perçait démontra que les scientistes restaient très intrigués par cet évènement.

- Permettez-nous d'avoir, nous aussi, nos petits secrets Quirtan. Nous en reparlerons lors ma prochaine visite. Que les Al-Heoxyrians vous soient favorables, éluda l'adolescent.

- Qu'ils vous soient favorables également, répondit Quirtan, visiblement surpris. J'ignorais que vous pratiquiez la religion créationniste.

- Je ne la pratique pas, mais j'ai toujours cru en une force capable de régir l'univers. Là où j'ai grandi, ils appellent cela un dieu, nous les appelons les Al-Heoxyrians. Pour ma part, je ne sais pas trop ce qu'ils sont, mais j'ai la certitude qu'ils existent. Répondit Paul d'un ton affirmatif.

Quirtan le fixa d'un air étrange, mais n'ajouta rien de plus. Il se contenta de s'incliner et coupa la communication. Paul ne sut pas comment interpréter le salut de Quirtan et il nota de demander l'avis d'Oria à ce sujet. Bella leur annonça le départ.

- APPAREILLAGE. TOUS LES CROISEURS SONT REVENUS A BORD, NOUS QUITTONS LA BASE ORBITALE. UN APPAREIL SCIENTISTE NOUS ESCORTE POUR NOUS OUVRIR LE BOUCLIER STELLAIRE.

L'énorme vaisseau accéléra rapidement et, malgré une partie de sa coque encore endommagée, semblait pleinement opérationnel. Il lui manquait néanmoins un quart de ses lance-torpilles et dix pour cent de ses canons à disrupteur, mais ses boucliers renforcés compenseraient largement cette perte de capacité offensive.

Le temps s'écoula très vite jusqu'aux frontières de la République, matérialisées par le bouclier stellaire. Le navire scientiste qui les précédait activa le passage de trois mille mètres de diamètre dans la barrière et Bellator s'y engouffra. Sitôt franchie la frontière invisible, l'opercule se referma et le système solaire des scientistes disparut des senseurs.

Le Bellator entama, sans attendre, le captage de matière noire. Le délai de conversion en énergie serait d'environ deux heures, mais l'autonomie atteignait maintenant trois mille années-lumière. Largement de quoi donner le tournis aux senseurs impériaux. Tout était prêt pour l'opération « diversion » et Sarian s'adressa à l'IA.

- Bella calcule un saut d'environ mille années-lumière en direction du centre galactique.

- NOUS POURRIONS NOUS RAPPROCHER DE LA NEBULEUSE D'ORION, ELLE EST A NEUF CENTS ANNEES-LUMIERE DE NOTRE POSITION.

- De là-bas pour atteindre Aldébaran, il faudra transiter de combien ?

- ALDEBARAN SE SITUE A MILLE TROIS CENT DOUZE ANNEES-LUMIERE DE LA NEBULEUSE D'ORION.

- C'est parfait, un ébranlement de structure de mille trois cents années-lumière devrait impressionner les impériaux. Transite dès que possible. Ordonna l'Ildaran.

Le Bellator enclencha le champ Randarion qui replia l'espace et l'énorme vaisseau se retrouva instantanément au large de la superbe nébuleuse d'Orion. Bella afficha une projection holographique dans la salle tactique et tous purent admirer le magnifique nuage de gaz qui caractérisait cette nébuleuse de trente-trois années-lumière de large.

- À quelle distance sommes-nous de cette nébuleuse ? demanda Mélanie, les yeux émerveillés par le spectacle grandiose.

- À DEUX ANNEES-LUMIERE ET DEMIE ENVIRON, CAR LA LIMITE DU NUAGE EST FLOUE.

- On a l'impression de pouvoir le toucher, c'est splendide ! s'exclama Paul

- JE DETECTE PLUS DE DEUX MILLE ETOILES DANS CE NUAGE MOLECULAIRE. Compléta Bella.

- Et là, fit Paul et pointant une zone sur la projection holo. Quelles sont ces projections très lumineuses ?

- CE SONT DES JETS DE PLASMA A L'HORIZON DES EVENEMENTS D'UN TROU NOIR D'ENVIRON DEUX CENTS MASSES SOLAIRES.

- C'est vraiment extraordinaire. Quelle chance d'admirer cela d'aussi près ! C'est encore plus beau que l'amas des Hyades. Lâcha la jeune terrienne.

- LES FILETS DE CAPTAGE SONT ACTIVES, NOUS SERONS CAPABLES DE TRANSITER VERS ALDEBARAN DANS SOIXANTE-HUIT MINUTES.

- Merci, Bella, dit Sarian. Je vous propose d'affiner notre stratégie d'attaque.

D'après les derniers relevés des drones scientistes, les croiseurs impériaux étaient regroupés au large du système et les simulations tactiques démontraient qu'ils étaient trop proches les uns des autres et allaient se gêner pour utiliser des torpilles à distorsion. Sarian proposait de les engager à une distance de douze secondes-lumière, car ils ne s'attendaient visiblement pas à être attaqués et encore moins à avoir à faire face à des torpilles AP.

Les simulations effectuées, selon les stratégies tactiques de l'Empire, prévoyaient que les calculateurs de combats ennemis attendent le dernier moment pour tenter de leurrer les salves de torpilles avec des contre-mesures électroniques puis de les détruire au disrupteur.

Cette manœuvre devrait laisser au porte-croiseur plus de dix secondes pour transiter avant que les torpilles adverses n'arrivent à distance d'activation. Quand les impériaux découvriraient la supériorité de leurs munitions, il sera trop tard pour activer un saut quantique et plusieurs croiseurs devraient être touchés. L'IA planifiait de larguer trois drones furtifs chargés de collecter les données tactiques puis de les rejoindre plus tard.

- Bella, quels sont les risques pour le Bellator ? Questionna Darin.

- LE RISQUE PRINCIPAL EST QUE NOUS EMERGIONS A MOINS DE CENT CINQUANTE MILLE KILOMETRES DE CERTAINS CROISEURS, CAR ILS NOUS ENGAGERAIENT IMMEDIATEMENT AU DISRUPTEUR. NOUS N'AURIONS ALORS PLUS L'AVANTAGE DE NOS TORPILLES AUTOPROTEGEES.

L'IA avait également envisagé que plusieurs appareils ennemis soient en état d'alerte et qu'ils transitent, quelques nanosecondes après leur émergence, pour esquiver les torpilles. Les derniers relevés de drones dataient déjà de plusieurs heures et il était impossible de connaître exactement la position de la flotte impériale à l'intérieur du système d'Aldebaran. Il faudrait environ vingt nanosecondes, à l'émergence, pour établir précisément les signatures gravitiques de toutes les positions et définir un saut à distance de combat. Pendant ces nanosecondes cruciales, le Bellator pourrait être engagé par plusieurs appareils qui pourraient éventuellement saturer les défenses passives et actives.

- Probabilité d'une destruction ou d'une avarie majeure du Bellator. S'enquit Darin.

- Avec les données en ma possession, probabilité 18,351% d'avaries majeures.

- Merci, Bella. Je suis d'accord avec Sarian sur la stratégie, mais le risque est trop grand pour Paul. Ajouta Darin.

L'Ildaran proposait que l'essentiel du groupe, incluant Paul, embarque sur un croiseur de combat et que seule une petite équipe attaque avec le Bellator. De cette manière même si le raid était un échec et que le vaisseau était détruit, ou immobilisé, la maison Verakin gagnerait la bataille médiatique en prouvant que l'héritier avait encore des fidèles capables de se sacrifier pour sa cause.

- C'est hors de question que je vous laisse y aller sans moi ! protesta Paul avant que quiconque n'ait eu le temps de communiquer son opinion. Que penseraient mes partisans s'ils apprenaient que leur empereur légitime laisse ses hommes aller au combat et qu'il reste soigneusement à l'abri ! Le garçon était en colère et l'affichait sans retenue.

- Paul, je comprends ta frustration, mais Darin a raison. Nous ne pouvons pas courir le risque de te voir tué ou capturé par les Seravon. Intervint Oria avec calme, tentant d'apaiser la discussion.

- Et moi, je vous dis qu'il est hors de question que je reste en arrière ! fulminait le jeune homme.

- Voyons. Soit raisonnable. Darin a raison, tu ne peux pas prendre ce risque. Je commanderai la petite équipe d'attaque. Temporisa Sarian, rallié à l'avis de son lieutenant.

- Non. Tu es également indispensable à la résistance et à la formation de Paul, tout comme Oria. J'irai avec une équipe de volontaires. Nous n'avons pas besoin d'être très nombreux. Rétorqua Darin.

- Un chef se doit d'être à la tête de ses hommes Darin, répondit Sarian, contrarié par la remarque.

- C'est exactement ce que je pense et je reste donc à bord. Fit Paul, profitant de l'ouverture.

- Hors de question. Tu restes ici avec les neuf croiseurs de combat. J'accepte les arguments de Darin, mais c'est lui le maître d'armes ainsi qu'Oria pour ta formation de psykan et ils doivent impérativement rester avec toi. Affirma Sarian, avec force.

- Cessons d'ergoter. Le coupa Paul, j'ai pris ma décision et je resterai à bord.

L'adolescent avait affirmé sa position d'une voix forte avec un air décidé. Il argumenta néanmoins pour tenter de convaincre ses interlocuteurs récalcitrants. Le jeune Verakin envisageait de s'adresser à cette flotte si l'occasion lui en était donnée, car il pensait que certains militaires puissent être encore acquis à sa famille. Le voir apparaître à bord d'un unique navire à l'assaut d'une flotte de cent dix croiseurs d'attaque devrait les impressionner et si le Bellator sortait vainqueur de l'engagement, ce serait une victoire psychologique déterminante.

Paul refusait de donner de lui l'image d'un chef envoyant des Ildarans au combat, même s'ils s'étaient portés volontaires, sans être personnellement à bord. Le garçon argua que Kera Seravon pourrait en profiter pour le traiter de lâche d'attaquer des soldats innocents et était persuadé que ce message porterait.

- N'oublions pas que les Ildarans sont gouvernés depuis dix-sept ans par cet usurpateur. Ajouta le jeune homme, fermement décidé à prendre la tête de l'attaque et à assumer son rôle.

- Sur le plan politique, il a raison, fit remarquer Oria en inclinant la tête.

- Peut-être, mais s'il est tué ou capturé, cela n'aura plus aucune importance qu'il ait eu raison, objecta Darin, l'air buté.

- Si nous ne sommes pas capables d'infliger une défaire politique aux Seravon, inutile de nous lancer dans cette bataille. Objecta la jeune Ildarane.

Elle était persuadée qu'une guerre comme celle-là ne se gagnerait pas uniquement avec les armes. Kera Seravon disposait de toutes les flottes de l'Empire et, même s'ils construisaient d'autres vaisseaux, leur armée ne serait jamais capable de le vaincre par la force brute. Il fallait l'affaiblir pour le faire tomber politiquement et œuvrer pour que les grandes familles l'abandonnent. Cette stratégie imposait d'abord de le décrédibiliser.

- Malheureusement, je crains qu'Oria n'ait raison. Je ne suis pas très favorable à la présence de Paul à bord, mais si nous échouons à la première bataille c'est que nous n'aurons pas été dignes de mener la guerre contre les Seravon. Conclut Sarian d'un ton sans appel.

Darin était furieux, autant envers lui-même, de ne pas avoir réussi à les convaincre, qu'envers Oria et Sarian. Il considérait toujours que mener l'attaque avec Paul à bord était déraisonnable, mais l'adolescent était décidé à rester et il ne pouvait plus s'y opposer.

- Par contre, j'approuve partiellement Darin. Inutile d'être tous présent à bord du Bellator. Mélanie, tu peux rester dans l'amas d'Orion avec les Ildarans non indispensables à l'opération. Ajouta Paul d'un air grave.

- Je doute que tu trouves beaucoup de volontaires dans l'équipe pour quitter le bord au moment du danger, fit Darin avec un large sourire. Nous avons tous accepté de mourir pour les Verakin et si le vaisseau était détruit, le restant du groupe n'aurait plus d'idéal à défendre.

- Moi non plus je ne veux pas quitter le navire, renchérit Mélanie. Je n'ai pas envie de me retrouver seule et comme je ne pourrai pas retourner sur Terre avec le blocus impérial, je suis condamnée à te suivre Paul.

Aucun fanatisme dans les paroles de la jeune fille. Elle avait simplement énoncé un fait. Elle avait saisi l'opportunité d'accompagner l'héritier de l'Empire, mais, si celui-ci venait à disparaître, ses chances de survie dans la société ildarane devenaient quasi nulles.

Prenant conscience des responsabilités qui lui revenaient, Paul fut saisi d'un court instant de découragement. Soudainement, il se rendait compte que la vie de tous les humains à bord dépendait de ses décisions. Pour un adolescent de dix-huit ans, élevé dans une société peu familiarisée avec les risques, cela faisait un choc. Il eut brièvement la tentation d'annuler l'opération, mais il revêtit rapidement sa stature d'héritier de l'Empire en songeant aux propos de l'émissaire des Al-Heoxyrians. Ils m'ont choisi pour défendre la galaxie, je dois faire le job. Pensa-t-il. Je ne peux pas me défausser et encore moins décevoir ces Ildarans prêts à donner leurs vies pour moi !

- Bella calcule une transition vers Aldébaran et met le Bellator en état de défense, cette fois-ci on va au combat. Ordonna Paul d'une voix qu'il espérait être ferme. L'adolescent balaya la pièce du regard et décela de la fierté dans les yeux des Ildarans présents. De la crainte aussi dans ceux de Mélanie qui avait compris que leurs vies allaient se jouer dans les minutes à venir.

- NOUS SERONS PRETS A TRANSITER DANS QUARANTE-SEPT MINUTES, répondit laconiquement l'IA.

Il était plus que temps de se préparer et d'enfiler les combinaisons de combat. Mélanie et Paul n'avaient jamais porté ces puissantes combinaisons renforcées et autonomes dans l'espace. Il s'agissait de véritables armures individuelles équipées d'une batterie de disrupteurs contrôlés par une IA dédiée. La combinaison disposait de leurres électroniques, de boucliers Horlzson et de générateurs d'air permettant de survivre plus de cinquante heures dans l'espace. Un exosquelette permettait d'être très mobile, y compris dans un environnement à forte pesanteur, malgré le poids de trois cents kilos. Il fallut presque trente minutes à Mélanie et Paul pour apprivoiser le fonctionnement du lourd équipement.

La jeune fille avait encore le sens de la répartie :

- Après ça je pourrai passer mon permis de cariste ? Rit la jeune terrienne.

- TRANSITION DANS TROIS MINUTES. Annonça Bella.

L'intervention de l'IA doucha un peu son sens de l'humour, car il était maintenant trop tard pour changer d'avis. Les neuf croiseurs avaient quitté le bord et s'étaient regroupés en mode stationnaire à trois millions de kilomètres du gros vaisseau. Il était prévu qu'ils restent en position et attendent le retour du porte-croiseurs. La mission devait théoriquement durer moins de vingt secondes. Si le porte-croiseurs n'était pas revenu dans les quarante secondes suivant son départ, les croiseurs devraient rallier Aldébaran et tenter de venir au secours du gros navire, ou de ce qu'il en resterait.

L'aviso furtif scientiste était resté à bord, il pourrait être utilisé comme navire de secours si l'opération tournait mal. Le petit appareil ne disposait pas de capacités interstellaires, mais sa furtivité lui permettrait de se dissimuler en attendant les secours. La tension était à son comble et les visages légèrement crispés. Mélanie et Paul s'observaient et eurent une pensée pour leur vie passée, vieille d'à peine deux semaines. Ils n'eurent pas le temps d'en discuter, car Bella venait de stabiliser le vaisseau et activa un trou de vers débouchant dans le système d'Aldébaran.

- SAUT QUANTIQUE.

Le Bellator émergea à quatre-vingt-quatre minutes-lumière de la géante rouge et largua immédiatement trois drones furtifs qui s'éloignèrent aussitôt du gros navire. En moins de vingt nanosecondes, les senseurs actifs détectèrent les positions de plus de soixante croiseurs impériaux dans une sphère de vingt-huit minutes-lumière.

La réaction adverse ne fut pas immédiate. Apparemment, les impériaux ne s'attendaient pas à une attaque, car il fallut presque deux centièmes de secondes pour que cinquante appareils transitent à moins de neuf cent mille kilomètres du porte-croiseurs. Les navires impériaux tirèrent aussitôt une salve de quatre cents torpilles, mais vingt-cinq appareils commirent l'erreur d'activer leur propulsion pour engager leur cible en combat rapproché.

Trois nanosecondes suivant l'émergence des impériaux dans sa sphère de défense, le Bellator expédia deux salves consécutives de trente-six torpilles AP et transita aussitôt à quatre secondes-lumières des croiseurs précédemment repérés à vingt-huit minutes-lumière de là. Le Bellator tira, de nouveau, deux salves de torpilles AP et transita, cette fois-ci, à cent soixante-quatre minutes-lumières, à l'opposé du système d'Aldébaran.

Quatre nanosecondes plus tard, dix bâtiments impériaux se lancèrent à sa poursuite et émergèrent à moins de quatre cent cinquante mille kilomètres, à la limite de sécurité d'un engagement par torpilles à distorsion gravitationnelle. Apparemment, les IA de combat impériales n'avaient pas encore eu le temps d'intégrer la supériorité tactique des munitions du Bellator, car elles attaquaient toujours avec des torpilles.

Quatre-vingts disques mortels jaillirent des tubes de lancement des croiseurs en direction du Bellator. À cette distance, il fallait à peine plus d'une seconde pour que les disques-torpilles soient dans la sphère d'activation des cent cinquante mille kilomètres. Avec cette tactique, les dix croiseurs impériaux signèrent leur arrêt de mort, car Bella leur expédia vingt-quatre torpilles AP et transita, en moins de sept centièmes de secondes, hors de portée. À cette distance, les appareils ennemis n'auraient pas le temps d'intercepter les torpilles AP.

L'opération se déroulait trop vite pour que les humains puissent suivre les engagements et encore moins intervenir. Moins de dix nanosecondes après sa nouvelle transition, le Bellator était déjà engagé par vingt nouveaux croiseurs d'attaques qui apparurent à deux cent mille kilomètres de l'énorme sphère. Les disrupteurs moléculaires entrèrent immédiatement en action labourant violemment les champs de protection des puissants navires de guerre.

La résistance des champs Horlzson du Bellator et l'état de ses réserves énergétiques lui donnaient un avantage décisif dans ce type d'affrontement. Ses rayons disrupteurs surpuissants étaient verrouillés sur deux croiseurs impériaux qui disparurent des senseurs en moins de quatre centièmes de secondes. L'écran de protection extérieur du porte-croiseurs flamboyait sous les tirs des huit survivants qui s'acharnaient malgré leur infériorité énergétique flagrante.

Vingt nouveaux croiseurs émergèrent à moins de deux cent cinquante mille kilomètres et ouvrirent le feu immédiatement sur le navire de Paul. Bella avait déjà détruit quatre autres croiseurs, mais la puissance de feu des impériaux commençait à atteindre les limites de résistance de ses champs de protection et l'IA s'attendait à voir émerger d'autres navires de combat. Elle enclencha donc une transition vers le nuage d'Orion et le combat fut terminé.

Le Bellator émergea à moins de dix-huit minutes-lumière de la position quittée moins de quatorze secondes auparavant. Les neuf croiseurs n'avaient pas bougé et Bella leur intima l'ordre de regagner le bord.

L'IA déploya dans la foulée ses filets de captage de matière noire, car l'engagement et les différentes transitions avaient sérieusement entamé les réserves énergétiques du gros vaisseau de guerre. Il faudrait environ deux heures et demie pour recharger complètement les condensateurs à énergie Kin fournis par les scientistes.

La durée du raid avait été tellement brève que les humains n'avaient pas vraiment eu le temps de se rendre compte de l'opération. Le Bellator avait émergé depuis presque dix secondes et il régnait encore un silence religieux dans le centre tactique. La violence du combat retransmis sur les projections holographiques avait impressionné Paul et Mélanie, qui avaient encore l'air hagards. Sarian réagit le premier et demanda à Bella de lui faire un rapport sur les avaries éventuelles.

- Nos niveaux d'energie sont a quinze pour cent, j'ai enclenche le captage des l'emergence. Nous avons tire cent soixante-huit torpilles autoprotegees et n'avons aucun degat identifie. Je fais rentrer les croiseurs a bord.

Un cri de soulagement général retentit dans le centre tactique. Ils avaient réussi ! Les yeux de Paul brillaient de fierté. Sarian vint l'enlacer et lui taper sur l'épaule dans une attitude purement occidentale malgré les combinaisons de combat ce qui donna un résultat plutôt cocasse. Mélanie avait les larmes aux yeux, car sa tension nerveuse accumulée venait de retomber. Oria et Darin restaient immobiles, mais Paul percevait leur joie à travers les effluves mentales qu'ils dégageaient involontairement. Tout le groupe d'Ildarans se rua sur la passerelle en hurlant sa joie. Le moral des troupes était au plus haut et Sarian sut qu'ils venaient de remporter une énorme victoire psychologique, même si le plus dur restait à faire.

Il restait maintenant à attendre les drones et analyser les données collectées dans le système d'Aldébaran, après le départ du Bellator. Les petits engins furtifs avaient une capacité de saut de deux cents années-lumière et il était plus rationnel d'aller les récupérer plutôt que d'attendre qu'ils reviennent dans le nuage d'Orion, à plus de mille années-lumière d'Aldébaran. Pour les drones, une telle distance nécessitait cinq sauts quantiques, mais surtout cinq heures cumulées de captage de matière noire. Inutile de patienter inutilement alors que les condensateurs du Bellator seraient rechargés en moins de trois heures.

- Quelles sont les données disponibles sur notre attaque ? demanda Paul, qui se démenait pour s'extraire de sa combinaison de combat, avec l'aide de deux androïdes.

- Nous sommes restes quatorze secondes vingt-trois centiemes dans le systeme d'Aldebaran. Nous avons engage plus de quatre-vingt-cinq croiseurs de combat, en trois passages. Je dispose de peu de donnees sur les dommages occasionnes a la flotte adverse, car nous sommes repartis avant que mes torpilles soient toutes a distance d'activation. Le Bellator a detruit six appareils au disrupteur en combat rapproche. Nous aurons plus de detail apres avoir analyse les donnees des drones furtifs.

- Il semble que notre opération ait été un succès. Même si les dommages infligés aux impériaux sont minimes, nous leur avons démontré que nous pouvions être offensifs et que, même face à une flotte importante, ils ne sont pas à l'abri d'un raid. Il est vraisemblable qu'ils se désintéressent, maintenant, de l'amas des pléiades et repartent vers Ildaran. Intervint Telius, le spécialiste tactique du groupe.

- Ce vaisseau est extraordinaire, fit Paul, qui n'en revenait toujours pas. Je n'ai même pas eu le temps de comprendre ce qui se passait.

- Ne t'emballe pas trop Paul. Lui répondit Telius. Si nous avons gagné ce coup-ci, c'est parce que nos adversaires étaient trop sûrs d'eux. De plus, sans les torpilles AP des scientistes et nos condensateurs renforcés, nous n'aurions pas réussi. Les IA des croiseurs n'étaient pas préparées à affronter notre supériorité tactique. Maintenant qu'ils sont alertés, les données de ce combat vont être analysées par l'adversaire et le prochain engagement sera certainement moins facile.

- Bella, peux-tu nous repasser des images de l'affrontement ? interrogea Sarian aussitôt après s'être débarrassé de la grosse tenue de combat.

- Bonne idée, comme cela nous pourrons analyser leurs réactions, compléta Telius, qui s'était extirpé de l'encombrante armure sans effort apparent, laissant Paul perplexe, qui observa néanmoins qu'Oria ne s'en sortait pas si bien que ça.

Le raid était encore dans tous les esprits, car, même si les combats s'étaient déroulés sur quatorze secondes, l'intensité de l'action avait été telle que tous avaient eu l'impression que la bataille s'était éternisée sur plusieurs minutes.

- Il faudra attendre le résultat des données fournies par les drones, mais, lors du premier passage, les vingt-cinq appareils qui ont accéléré à notre rencontre ont dû subir de lourdes pertes. Ils sont venus droit sur nos torpilles AP sans savoir qu'ils ne pourraient les abattre d'un seul tir de disrupteur. La surprise a dû être totale et je ne serais pas surpris que nous ayons abattu presque toute cette escadre. Nota Telius.

- Oui, c'est probable. Approuva Sarian, qui analysait l'enregistrement sous plusieurs angles. Une reconstitution tridimensionnelle était projetée au centre de la salle tactique et tous pouvaient découvrir le champ d'espace de combat dans son intégralité. Mélanie et Paul auraient pu se croire dans un jeu vidéo en trois dimensions, tant la fidélité de la restitution spatiale était réaliste.

- Lors du second passage, les dégâts ont dû être plus limités, car nous avions affaire à cinquante croiseurs et les données télémétriques avaient déjà été échangées avec la première escadre. Je suis d'ailleurs surpris que les IA nous aient malgré tout engagés avec des torpilles à distorsion. Fit remarquer Telius, dubitatif.

- Les IA ont réagi quand même très vite puisque, lors du dernier affrontement, les croiseurs ont émergé à distance de disrupteur pour nous empêcher de tirer nos torpilles, releva Darin.

- Cela nous laisse un bon espoir de pouvoir empoisonner sérieusement la vie de Kera Seravon, car nous allons pouvoir mener une tactique de guérilla, ajouta Sarian.

- Nous ne sommes restés que quatorze secondes, il n'y a pas de quoi s'exalter, nota Paul.

- Tu dis cela, car tu ne connais pas très bien la technologie ildarane. C'est déjà énorme d'être parvenu à rester quatorze secondes dans un système sécurisé par cent dix croiseurs de combat ! affirma Darin. Ildaran Prime est protégé avec deux cents navires et toutes les simulations d'assauts se sont soldées par l'élimination totale des assaillants en moins de neuf secondes. Sans la supériorité de nos torpilles AP et le renforcement de nos boucliers, nous n'aurions pas détruit un seul appareil.

- Ah exprimé comme ça, cela change un peu mon point de vue. Plaisanta l'adolescent avec un demi-sourire.

Ils étudièrent plusieurs fois les données visuelles et tactiques des combats, laissant Bella commenter les réactions, parfois curieuses, des vaisseaux ennemis.

Ils étaient tellement absorbés par ce débriefing qu'ils ne virent pas le temps s'écouler. Le Bellator avait rechargé ses condensateurs et était prêt à transiter vers les Pléiades.

Le Bellator émergea à moins de vingt années-lumière du système scientiste. Sans surprise, il fut balayé par des faisceaux de détection, mais cette fois-ci ils en connaissaient l'origine.

Parfaitement immobile dans l'espace, en état de défense, le gros porte-croiseurs n'eut pas longtemps à attendre. Au bout de quelques minutes, deux drones émergèrent à moins de six minutes-lumière. Le gros navire effectua une courte transition pour se rapprocher des deux appareils et trois minutes plus tard, les deux drones étaient récupérés. Ils furent aussitôt connectés aux calculateurs de données tactiques pour analyse.

Visiblement, le troisième devait avoir été endommagé, mais Bella décida de l'attendre encore quelques minutes. Il avait peut-être été touché pendant un échange de tirs. En effet après avoir analysé superficiellement les données des deux drones, il apparut que le troisième avait été atteint par l'onde de choc d'une torpille à distorsion. Il avait réussi à transiter avec les deux autres, mais ses filets de captage étaient restés bloqués et il n'avait pu effectuer son ravitaillement en matière noire. Suivant son protocole de sécurité, il s'était autodétruit après avoir transmis ses données aux deux autres robots-espions.

- Bien, il est temps de rejoindre nos amis dans le système de Polona, proposa Sarian.

- Je serais bien allé sonner chez nos amis scientistes pour refaire le plein en munitions AP, déclara Telius pendant que Bella décodait les informations extraites des drones.

- Oui, d'autant qu'ils doivent avoir des enregistrements du combat si leurs drones sont rentrés. Compléta Darin. Cela nous permettrait de compléter nos données tactiques sur l'engagement.

- Il sera bien temps d'y retourner plus tard ? Pour le moment le plus urgent est de rallier Polona et de se faire oublier un moment. Objecta Sarian.

- On met donc le cap sur Polona cette fois ? Questionna Paul.

- Oui, nous étudierons les données fournies par les drones pendant le trajet, répondit Sarian.

- Ne pourrait-on pas pousser notre avantage psychologique en attaquant immédiatement un système de l'Empire ? Ils ne doivent certainement pas s'attendre à une attaque si rapprochée, proposa Oria.

- Ce serait prendre des risques énormes pour un faible résultat, du point de vue militaire. L'attaque d'Aldébaran était motivée, car nous devions distraire les impériaux de leurs recherches, mais attaquer un système de l'Empire serait assurément un coup d'épée dans l'eau, opposa Telius.

- Sur le plan militaire probablement, mais sur le plan psychologique, Oria n'a pas tort, songea Sarian à haute voix.

- Profitons-en alors. Attaquons-les sur leur terrain, fit Paul, ravi d'en découdre et galvanisé par leur récente victoire.

- Ce n'est pas une petite opération Paul. L'Empire est très bien protégé. Souligna Telius, conscient de la complexité d'une telle intervention.

- Quel système voudrais-tu attaquer ? demanda Darin, qui épousait la thèse d'une nouvelle attaque.

- On ne peut pas se permettre de s'enfoncer trop loin à l'intérieur de l'Empire. Il faudrait cibler un système pas trop éloigné des frontières. Proposa Sarian, qui étudiait sérieusement l'opportunité d'affaiblir un peu plus la position politique de Kera 1er.

- Si nous planifions une autre attaque, réapprovisionnons en torpilles AP, nous risquons d'en avoir besoin. Insista Telius.

- Oui, tu as raison, essayons de minimiser les risques. Attaquer un système de l'Empire risque d'être très coûteux en munitions et les torpilles scientistes seront déterminantes. Bella, déplace-nous à la bordure du champ scientiste. Ordonna Sarian, sous le regard de Paul qui avait approuvé la position de Telius par un mouvement de tête.

- Stabilisation inertielle, transition calculee. Saut.

Le porte-croiseur se retrouva instantanément à moins de cent mille kilomètres de la barrière invisible qui protégeait la république de Scienty. Le Bellator émit un appel et, quelques secondes plus tard, une ouverture de trois mille mètres de diamètre apparut dans le bouclier d'occultation. Les scientistes devaient s'attendre à voir revenir le gros navire pour réagir aussi rapidement.

En effet, dès franchi la barrière invisible, les senseurs de détection longue portée décelèrent trois frégates à moins de huit secondes-lumière. Comme Sarian s'y était préparé, les scientistes avaient déjà analysé les données de leurs drones furtifs et avaient été impressionnés par l'opération d'Aldébaran. Le collège s'était réuni et tous ses membres avaient décidé, à l'unanimité, d'apporter, à la maison Verakin, toute l'aide nécessaire pour qu'elle retrouve le trône d'Ildaran. Les dirigeants du peuple de scientifiques étaient prêts à fournir immédiatement trois mille torpilles AP au Bellator et toutes les technologies qui lui permettraient de l'emporter.

La stratégie de Paul, d'accorder la garantie d'indépendance à la république de Scienty, avait donc porté ses fruits. L'adolescent semblait avoir hérité du talent politique de son père biologique.

Il ne fallut que quelques heures au porte-croiseurs pour rallier la base orbitale, ravitailler en torpilles AP et repartir. Les scientistes leur avaient également fourni vingt-quatre drones furtifs et deux avisos supplémentaires. Ils semblaient réellement motivés par la réussite des projets de Paul et l'idée de l'attaque d'un système impérial leur avait paru excellente. Sarian ne se faisait néanmoins aucune illusion sur la motivation des scientistes, cette opération représentait surtout pour eux un très bon moyen de voir les impériaux quitter ce quadrant spatial.

La manœuvre de sortie du système de Scienty était devenue une formalité. Un navire les escorta et leur ouvrit la barrière puis le Bellator quitta le système fantôme.

- Éloignons-nous rapidement de ce secteur de l'espace, ne prenons pas le risque de croiser des drones impériaux. Bella, ramène-nous dans la nébuleuse d'Orion, nous y ferons le point et nous déciderons de notre stratégie d'attaque. Ordonna Paul, qui commençait à affirmer son autorité sous le regard admiratif d'Oria et de Sarian.

Depuis le nuage d'Orion, les premières étoiles appartenant à Ildaran se situaient à quarante et un mille années-lumière, mais, comme il était impossible de traverser le bulbe galactique, il faudrait contourner le centre de la Voie Lactée pour atteindre l'autre côté.

Le trajet le plus sûr était de prendre le cap du centre galactique, de traverser les bras spiraux du Sagittaire et d'Écu-Croix du Sud pour atteindre le bras spiral de la Règle puis remonter celui-ci dans le sens inverse de la rotation de la Voie Lactée, vers les étoiles de l'Empire. Un voyage de plus de soixante mille années-lumière.

L'autre option était de longer le bulbe galactique dans son épaisseur. Cette route était beaucoup plus risquée, car elle frôlait la zone interdite. Le bulbe ne faisait que trois mille années-lumière d'épaisseur et la zone navigable était très étroite entre le bulbe et l'espace profond entre les galaxies. Trop près du bulbe, le vaisseau risquait la destruction, trop loin il s'aventurerait dans l'espace dépourvu de matière noire, et ne pourrait plus recharger ses condensateurs. N'ayant aucune contrainte d'urgence, Telius proposa de remonter le bras spiral.

Il faudrait donc au moins vingt et une transitions pour atteindre la frontière des systèmes ildarans. Compte tenu des temps de captage, Bella estimait pouvoir arriver à proximité du premier système dans un peu plus d'une quarantaine d'heures ildaranes.

L'IA afficha la représentation spatiale des frontières de l'Empire dans cette région de l'espace. Il n'y avait que quatre systèmes potentiellement importants dans cette région de l'espace.

Le premier était le système d'Orcaphin, administré par la riche maison Uphrasite. Une ancienne famille qui avait assis sa fortune sur la prospection spatiale. Sarian n'était pas partisan d'attaquer Orcaphin, car les Uphrasite avaient toujours été loyaux envers les Verakin et il était inutile de s'en faire des ennemis aujourd'hui. D'ailleurs, leur proximité connue avec les Verakin pourrait amoindrir leur témoignage sur l'attaque et Kera Seravon pourrait toujours arguer d'une propagande visant à le déstabiliser.

Le second était le système de Qiotianne. C'était un système hébergeant une planète agricole produisant de nombreuses denrées alimentaires consommées dans l'Empire. Là encore, Sarian ne voyait pas un grand intérêt stratégique à attaquer ce système, de surcroît peu défendu et dans lequel un raid ne serait pas beaucoup médiatisé.

Le troisième, situé à cent cinquante années-lumière à l'intérieur des frontières de l'Empire se situait Relican. Il s'agissait d'un système arsenal qui produisait de nombreuses classes de vaisseaux civiles et militaires. Ce système était administré par un gouverneur impérial et par l'amirauté de la spatiale.

Oria fut immédiatement favorable à une incursion dans ce système. Comme il s'agissait d'un système arsenal, l'impact médiatique d'une agression de la flotte de protection serait retentissant. L'empereur aurait beaucoup de mal à dissimuler le raid.

La nouvelle que l'un des plus puissants systèmes avait été attaqué par les Verakin pourrait faire naître une polémique dans tout l'Empire. Cela serait une excellente caisse de résonnance sur le retour d'Ishar.

L'information qu'un héritier Verakin était encore vivant devrait sérieusement perturber les rapports politiques entre les grandes familles et leurs vassaux. De plus, pour Kera, s'être fait dérober son navire personnel serait un camouflet qu'il lui faudrait relever et cela l'amènerait, certainement, à commettre des erreurs.

- Attaquons Relican ! acquiesça Paul.

- Ce serait en effet une excellente cible du point de vue tactique, mais j'imagine que le système doit être sacrément protégé par la flotte. Souleva Darin.

- En effet, confirma Telius, analysant les données affichées sur ses neurorécepteurs, c'est dans ce système que sont fabriqués les plus gros vaisseaux de combat. Le Bellator provient des usines d'armement de Relican II, la seconde planète du système. La flotte de protection est d'au moins cent cinquante croiseurs de combat sans compter les nombreuses plateformes mobiles et les sites de disques-torpilles planétaires, installés sur les lunes des différentes planètes du système. Attaquer Relican, alors que le Bellator n'est pas pleinement réparé, est hautement risqué. Ajouta le tacticien de l'équipe.

- Que proposes-tu alors ? demanda Paul, en se retournant vers lui. Le garçon était légèrement déçu, mais était très soucieux de l'avis de Telius.

- Je pensais à Zetarian Alpha, tout proche. Il s'agit d'un système industriel, pas spécialement stratégique, mais qui dépend de la famille Malezari. Cette famille a toujours été hostile aux Verakin et, compte tenu de sa nouvelle position dans l'échiquier politique de l'Empire, je la soupçonne d'avoir aidé les Seravon à renverser ton père. Répondit l'Ildaran.

- C'est le système mère des Malezari ? s'enquit l'adolescent.

- Non, mais il est important comme source de revenus et une attaque, dans ce système, devrait être largement relayée, ajouta Telius.

- D'un point de vue politique, je ne partage pas ton point de vue, Telius. Intervint Oria. Nous pourrons attaquer ce système une autre fois. Pour le moment, nous devons marquer les esprits. Il faut infliger une humiliation à Kera Seravon. Si nous attaquons Zetarian Alpha, il s'en moquera comme d'une guigne, alors que si nous attaquons Relican, ce sera clairement une déclaration de guerre. De plus, attaquer un système bien protégé démontrera que personne n'est à l'abri de notre flotte. Insista la jeune femme, sous le regard attentif de Paul et Sarian.

- Elle n'a pas tort, s'immisça Darin. C'est clairement très risqué d'attaquer Relican, mais nous sommes sûrs que cela affectera davantage l'empereur et que tout Ildaran sera au courant du retour de Paul.

- Sur ce point, vous avez raison tous les deux, mais, attaquer un système comme Relican avec un porte-croiseurs et neuf vaisseaux de combat, c'est du suicide. Objecta Telius.

- Pas sûr. Kera Seravon n'a probablement pas encore informé toute la marine spatiale du vol du Bellator. En émergeant dans le système, les IA de contrôle devraient le prendre pour un appareil de la flotte. Argumenta Sarian.

- C'est faire un pari très risqué, rétorqua Telius. Si tu as raison, nous aurons le temps d'engager quelques vaisseaux et de repartir, mais, s'ils sont informés sur le Bellator, nous serons pris pour cible immédiatement. Compte tenu du nombre de vaisseaux de guerre et de systèmes d'armes dans ce système, il y en aura forcément un à distance de combat dès l'émergence. Au bout de quelques nanosecondes, il y aura au moins cinquante croiseurs sur nous, car ceux-là sont tous en état de défense prêts à réagir à la moindre alerte.

- Bella. Quelles sont précisément les défenses de Relican ? demanda Paul, qui souhaitait reprendre la main de la discussion et étayer son choix.

- CE SYSTEME EST PROTEGE PAR LA HUITIEME FLOTTE IMPERIALE QUI COMPREND CENT CINQUANTE CROISEURS DE COMBAT DE CLASSE ECLAIR. S'AJOUTENT A CELA DEUX CENTS PLATEFORMES MOBILES DE QUATRE-VINGTS TORPILLES ET PLUS DE DEUX MILLE TORPILLES PLANETAIRES REPARTIES SUR LES LUNES DU SYSTEME. LA DEFENSE DE CE SYSTEME EST DIMENSIONNEE POUR RESISTER A L'ATTAQUE DE MILLE CROISEURS DE COMBAT. IL FAIT PARTIE DES CINQ SYSTEMES LES MIEUX PROTEGES, APRES ILDARAN LUI-MEME.

- Quelles sont nos options si nous voulons uniquement engager un ou deux vaisseaux puis repartir ? continua le jeune homme.

- EN PREMIER LIEU, RESTER EN STABILISATION INERTIELLE TOUTE LA DUREE DE L'ENGAGEMENT AFIN DE POUVOIR TRANSITER IMMÉDIATEMENT, COMME POUR LE RAID D'ALDEBARAN. SI NOUS MANŒUVRONS, NOUS N'AURONS PLUS LE TEMPS D'IMMOBILISER LE VAISSEAU POUR UN SAUT QUANTIQUE. EN SECOND LIEU : REPERER QUELQUES VAISSEAUX ISOLES A LA PERIPHERIE ET DES L'EMERGENCE

DANS LE SYSTEME, TRANSITER VERS EUX A DISTANCE, D'ENGAGEMENT TORPILLE, DE CINQ SECONDES-LUMIERE. ENSUITE, TIRER AVEC L'INTEGRALITE DE NOTRE CAPACITE OFFENSIVE TOUTES NOS TORPILLES AP. PHASE DEUX, TRANSITER DE NOUVEAU A PROXIMITE D'UN SECOND GROUPE DE NAVIRES, MAIS A UNE DISTANCE D'ENGAGEMENT AU DISRUPTEUR ET TIRER SANS SOMMATION PUIS REPARTIR.

- Eh bien, voilà un plan qui me plaît. S'exclama Paul, qu'en pensez-vous ?

- Quelles sont les probabilités de s'en sortir sans aucun dommage ? demanda Sarian néanmoins prudent.

- SI NOUS RESTONS MOINS DE CINQ SECONDES DANS LE SYSTEME ET COMPTE TENU DE NOS NOUVELLES CAPACITES DE PROTECTION, 79,54%.

- Quels dégâts occasionnerons-nous à la huitième flotte ? interrogea Darin

- ENTRE DIX ET VINGT NAVIRES. PAS PLUS, CAR IGNORANT LES CAPACITES AP DE NOS TORPILLES, LES IA DE DEFENSE CHERCHERONT A LES CONTRER AVEC DES CONTRE-MESURES ELECTRONIQUES ET LES DETRUIRE AUX DISRUPTEURS. NOS TORPILLES AP DEVRAIENT FAIRE QUELQUES RAVAGES AVANT QUE LES IA DE COMBAT NE FASSENT TRANSITER LES NAVIRES EN PROCEDURE D'EVITEMENT. TOUS LES APPAREILS EN MOUVEMENT DEVRAIENT ETRE DETRUITS OU TRES ENDOMMAGES.

- Donc tu vois Telius, on peut leur refaire le coup d'Aldébaran. Assura Paul, ravi

- Je maintiens que c'est toujours très risqué, mais c'est toi qui décides. Sarian, Darin, Oria, qu'en pensez-vous ? soupira Telius, d'un geste fataliste en se tournant vers les autres Ildarans.

- Je salue ta prudence, mais je suis de l'avis de Paul. Nous devons frapper les esprits avec une attaque, politique et médiatique d'envergure. Répondit Oria. J'ai déjà exprimé mon avis sur Relican.

Sarian et Darin approuvaient la position d'Oria et le choix de Relican fut finalement adopté. Cette région de l'espace avait été retenue pour sa proximité, relative, avec la route venant du bras d'Orion. Cela évitait d'avoir à pénétrer en profondeur dans l'Empire. Sarian savait qu'Ildaran possédait des systèmes de surveillance, au large de toutes les étoiles, situées jusqu'à huit cents années-lumière de distance de ses premiers systèmes habités. Il fallait donc que le dernier saut soit supérieur à cette distance pour ne pas être repéré.

Tous les appareils qui cherchaient à entrer dans l'espace de l'Empire ayant une capacité de saut inférieure à huit cents années-lumière étaient donc fatalement détectés avant même d'avoir atteint un système habité, car les sondes automatiques transitaient à la moindre alerte. Il était ainsi pratiquement impossible de surprendre l'Empire, car il n'y avait aucun navire connu capable d'ouvrir un trou de vers sur une distance supérieure à six cents années-lumière et d'arriver sur cible avec suffisamment d'énergie pour menacer les escadres impériales de protection. Ce réseau de détection était installé depuis plus de vingt mille ans et n'avait jamais été pris en défaut.

Avec une autonomie de trois mille années-lumière, le Bellator allait pouvoir surprendre les escadres de protection de Relican. De quoi inquiéter, encore plus sérieusement, les stratèges militaires de l'usurpateur, après l'affrontement d'Aldébaran.

La stratégie retenue consistait à s'approcher prudemment à neuf cents années-lumière dans le système de Frochia. L'étoile de Frochia était une naine rouge parfaitement inintéressante et il n'y avait, en principe, aucun système de surveillance.

- Nous rechargerons en matière noire au large de Frochia, ainsi, en cas de soucis nous aurons encore plus de deux mille années-lumière de capacité de saut à l'arrivée. Bella calcule-nous un point de saut d'urgence dans le bras d'Écu-Croix, à mille années-lumière de Relican. Il y a quelques contrebandiers dans cette région et notre distance de saut devrait inciter les impériaux à penser que nous nous sommes repliés dans la bordure. Ordonna Sarian.

Tout était réglé et l'homme proposa à toute l'équipe d'aller dormir. De toute façon, il ne passerait rien d'ici les prochaines heures.

Paul et Mélanie regagnèrent leurs luxueuses cabines et, malgré une excitation toute naturelle, réussirent à trouver le sommeil.

*

Chapitre 6

Les Ildarans avaient terminé tranquillement leur petit-déjeuner au côté de Sertime qui les trouva étonnamment calmes, compte tenu des circonstances. Ils furent ensuite invités à se changer pour se rendre au palais de la justice.

Une escorte de quarante gardes les attendait pour les accompagner jusqu'aux grandes arènes jouxtant le palais. Les trois Ildarans montèrent sur les grands okorox de combat, mis à leur disposition, et la troupe prit la direction de l'ouest de la ville.

Les okorox étaient impressionnants, même si, pour l'occasion, ils n'étaient pas parés de leurs ornements métalliques, habituellement ajoutés aux extrémités de leurs bois.

La progression dans la ville fut assez fluide pendant la première moitié du trajet, mais, au fur et à mesure, la foule devenait de plus en plus compacte. Les passants, comme les résidents des habitations environnantes, voulaient tous voir ces étrangers qui avaient osé braver les Tâardian. Les paroles d'encouragement se transformèrent petit à petit en cris de liesse à leur attention. Ils purent ainsi mesurer la faible popularité du duc. Sertime leur avait expliqué que de nombreux habitants du royaume craignaient que Tâargrien n'épouse la princesse et qu'il devienne roi de Port Gâal. La réputation de son père était détestable et l'éventualité de voir le fils couronné roi, inquiétait de nombreux gâalanais.

Tous se pressaient donc pour acclamer ces étrangers qui représentaient une forme de résistance nationale, face à des perspectives peu réjouissantes.

Les gardes de Sertime avaient les plus grandes difficultés à se frayer un passage dans la population et craignaient un incident, toujours possible au sein d'une foule agitée.

Néanmoins, tout se passa normalement et la troupe arriva, sans encombre, devant l'entrée principale du palais. Les gardes royaux les orientèrent immédiatement vers une porte, à l'écart, où leurs okorox furent pris en charge par des serviteurs.

Quatre gardes les accompagnèrent dans une pièce où les champions pourraient se préparer. Des tenues de jugement blanches, et sans ornement étaient accrochées, à leur disposition dans des loges particulières.

Rliostem et Klosteran n'étaient pas désorientés, par le cérémonial, ayant déjà subi ce rituel lors du précédent combat. Mais cette fois-ci de nombreux gardes protégeaient les bâtiments, preuve de la tension accumulée depuis le dernier jugement. L'excitation de la foule devait encore accroître les enjeux politiques reposant sur les épaules des deux Ildarans qui imaginaient leurs adversaires également mis sous pression par les Tâardian.

Ils n'en regrettaient que plus de ne pas pouvoir conserver leur ceinture et leur générateur de champ Horlzson. Ils avaient bien tenté d'argumenter qu'ils s'agissaient d'ornements religieux, mais les règles étaient strictes et l'Assesseur Royal avait catégoriquement refusé qu'ils conservent leurs ceintures. Inutile de demander une fois encore alors qu'ils étaient, de surcroît, responsables du report du jugement.

C'est donc revêtu d'une simple tunique courte, sans manches, qu'ils se rendirent, escortés par quatre gardes, devant les portes de l'arène. Cette escorte confirmait que le roi prenait ce jugement très sérieusement pour avoir pris de telles précautions.

- Messires. C'est l'heure du jugement, annonça un garde qui semblait être plus gradé que les autres. Il exhibait des décorations multicolores sur son épaule droite. Les Ildarans apprendraient, par la suite, qu'il s'agissait du lieutenant personnel de l'assesseur de la justice du royaume.

- Où se trouvent nos adversaires ? Questionna Klosteran.

- Ils sont de l'autre côté de l'arène et entreront par la porte opposée. N'ayez crainte, vous allez bientôt les rencontrer. Répondit le militaire, d'un air mi-figue mi-raisin.

Un énorme coup de gong retentit, signifiant que les combattants pouvaient s'avancer et faire face au jugement du cercle, chargé de désigner le vainqueur dans ce différend.

Les énormes portes, de plus de trois mètres de hauteur, s'ouvrirent lentement et le soleil, déjà haut dans le ciel, aveugla un très bref instant les deux Ildarans. Leurs améliorations visuelles corrigèrent immédiatement la luminosité leur redonnant instantanément une vision précise de la scène.

Ils s'avancèrent dans la lumière pour découvrir une arène bondée de spectateurs. Il semblait que toute la ville se soit rendue au jugement, tant les gradins étaient remplis. Mais leur plus grande surprise fut de découvrir leurs adversaires. L'un d'eux était un véritable géant. Il devait bien mesurer deux mètres vingt-cinq. Rliostem et Klosteran étaient des combattants aguerris, mais depuis dix-sept ans ils n'avaient pas eu l'occasion de beaucoup s'entraîner en combat réel. Leurs adversaires les observaient, cherchant déjà des points faibles. Sans leurs Nanocrytes de type six, les deux duels auraient été de vrais massacres.

Le tirage au sort désigna Klosteran comme premier combattant et il lui échoua d'affronter le plus grand des deux représentants des Tâardian.

- C'est bien ma veine ! C'est moi qui vais devoir me coltiner le monstre, soupira-t-il, d'un ton un peu dépité.

- Cela te fera une bonne remise en forme, je trouve que tu t'es un peu ramolli ces dernières années, lui répondit Rliostem, d'un air goguenard. Son ami lui lança un regard désabusé, car il avait conscience que le combat ne serait peut-être pas une simple formalité avec un adversaire de cette carrure.

Un second coup de gong retentit, signifiant que les compétiteurs devaient se rejoindre au milieu du cercle du jugement.

Ce furent à ce moment que les Ildarans découvrirent que le grand guerrier Tâardian disposait d'un sabre en corodrium.

- Baliran, je croyais qu'il n'y avait pas de minerai de corodria sur cette planète ? S'étonna Rliostem.

- En effet, je ne comprends pas comment ils ont pu obtenir ces armes. Répondit l'ancien contrebandier, visiblement surpris.

- Tu n'as pas connaissance d'autres Ildarans exilés sur la planète qui aurait pu leur fournir ces sabres ? demanda Klosteran.

- Non. Mais cela ne veut rien dire. Il y a peut-être déjà eu d'autres hommes de Marvio envoyés ici. Nul n'en a jamais entendu parler et il est possible qu'ils soient morts. Peut-être tués par les gâalanais qui se sont emparés de leurs lames. Suggéra Baliran, qui cherchait une explication rationnelle.

- Dans tous les cas, cela ne fait pas notre affaire, car l'un de nos avantages vient de disparaître. Lâcha Rliostem, un peu contrarié.

- Votre célérité fera la différence. Je ne vois pas comment un natif de cette planète pourrait vaincre un « type six ». Affirma Baliran, qui tentait de minimiser l'affaire.

- Eh bien, nous allons voir puisque c'est à moi que revient l'honneur d'ouvrir le bal avec la grosse brute. Conclut Klosteran, moins enclin à plaisanter que les heures précédentes.

L'assesseur royal était au centre du cercle et énonça les motifs du jugement. Il ajouta qu'à la demande des Tâardian, les combattants ne seraient pas stoppés au premier sang, mais qu'il reviendrait aux offensés de décider s'ils étaient satisfaits ou non du jugement. Ainsi comme Klosteran et Rliostem s'y attendaient, les jeunes nobles souhaitaient bien leurs morts.

Le premier représentant des Tâardian avait choisi un affrontement à deux armes. Il était armé de son sabre en corodrium et d'un large bouclier légèrement ovale, fabriqué dans un bois que ne connaissait par les Ildarans. Klosteran choisit de combattre avec deux sabres et emprunta celui de Rliostem. Ce fut donc avec une lame dans chaque main qu'il se tint prêt au combat.

Les deux adversaires prirent place dans le cercle et l'assesseur de justice leur réitéra les règles. Dans la mesure où il s'agissait d'un combat potentiellement mortel, du moins tant que les offensés ne s'estimeraient pas satisfaits, aucun des combattants ne pouvait quitter le cercle tant qu'il n'y aurait pas de vainqueur reconnu. En cas de transgression, celui qui franchirait en totalité le cercle serait abattu par les gardes disposés en surplomb.

La foule hurlait à la victoire de l'étranger et certains criaient même le nom de Klosteran. Des proches de Sertime avaient dû le communiquer. Le nom du premier champion fut rapidement connu dans toute l'arène, car les Ildarans entendaient maintenant des hurlements d'encouragements : Klosteran ! Klosteran !

L'assesseur de justice quitta le cercle en leur signifiant que le combat pourrait commencer dès que le gong retentirait de nouveau. Il s'éloigna tranquillement pour rejoindre un siège en hauteur qui lui donnait une position idéale pour surveiller le combat.

Le gong retentit et le colosse se rua sur Klosteran, le sabre levé.

*

Chapitre 7

Le Bellator émergea dans le système de Frochia. La naine rouge était presque invisible, car elle se trouvait à plus de vingt milliards de kilomètres du point de transition du porte-croiseurs. Bella informa tous les membres de l'équipage qui étaient dans la salle tactique.

Les dernières heures avaient permis d'analyser, en détail, les données de la bataille d'Aldébaran. Lors du premier engagement, le Bellator avait détruit douze croiseurs impériaux, lors du second seulement cinq et lors du troisième : quatre. Comme Paul le fit remarquer, le score était de vingt et un à zéro. Sarian calma ses ardeurs en lui rappelant qu'il y avait de nombreux humains à bord et que tous n'avaient pas choisi volontairement le camp des Seravon.

Cette remarque eut pour effet immédiat de faire prendre conscience au garçon des contradictions à organiser des opérations de guérilla contre les forces militaires de son propre peuple. Il en vint même à douter et à se demander si le jeu en valait la chandelle. Après tout, serait-il un meilleur empereur que Kera 1er ? Sans le message des Al-Heoxyrians, l'avertissant d'une énorme menace pour la Voie Lactée, Paul aurait peut-être renoncé. Mais les mots de l'émissaire lui revenaient en mémoire : « *tu dois reprendre le trône de l'Empire et combattre le danger qui arrive* ».

Le restant de la journée fut consacré à un entraînement aux armes blanches et la soirée fut plutôt calme. Après un repas préparé par Irias, tous allèrent se reposer dans leurs luxueuses cabines, mais le combat à venir était dans tous les esprits.

Après un repos de presque neuf heures, ils s'étaient tous retrouvés pour un petit-déjeuner et les deux terriens avaient eu la surprise de découvrir du pain et de la confiture. À la demande d'Irias, Bella avait réussi à synthétiser de la farine de blé et à fabriquer du pain. Ce petit moment de diversion fut le bienvenu, car les autres membres de l'équipe avaient eu le plaisir d'apprécier cet aliment durant leur séjour en France. Après quelques plaisanteries sur la gastronomie et le caractère français, les discussions se focalisèrent sur des sujets plus sérieux, car le moment du second raid était arrivé.

À l'issue du prochain saut, ils émergeraient directement dans un système puissamment défendu. Le Bellator allait rester en périphérie du système, car chercher à approcher la planète humano-compatible de Relican aurait été du suicide avec les capacités militaires déployées qui surclassaient largement le potentiel défensif du Bellator. Dès que des torpilles planétaires seraient lancées, il faudrait fuir le plus vite possible. La signature de saut de plus d'un millier d'années-lumière suffirait probablement à convaincre Kera Seravon que son précieux bâtiment était revenu de ce côté de la Voie Lactée et qu'il était pleinement opérationnel. Son amiral de cousin et les squirs survivants auraient des difficultés à lui faire croire qu'il avait été sérieusement endommagé dans le système d'Epsilon Eridani.

Paul enregistra un message avec l'intention de le diffuser dès l'émergence dans le système de Relican. Il annonçait clairement son intention de reprendre le trône, illicitement occupé par Kera Seravon. L'usurpateur aurait du mal à éteindre l'incendie allumé par la réapparition d'Ishar sur la scène politique impériale. Tant que les grandes familles croyaient les Verakin disparus, il n'y avait pas d'alternatives possibles à un nouveau soulèvement pour renverser les Seravon. Mais maintenant qu'un héritier légitime réapparaissait, les divisions, entre les grandes maisons, allaient s'exacerber.

Comme les scientistes leur avaient fourni deux avisos furtifs supplémentaires, Sarian comptait en sacrifier un pour harceler les forces de protection de Relican III, la planète principale du système. L'appareil n'avait aucune capacité interstellaire et s'autodétruirait après sa mission, mais il allait semer un peu le trouble parmi l'amirauté.

Les neuf croiseurs et l'aviso sortirent du Bellator et la petite flotte entama sa moisson de matière noire. Deux heures plus tard, les appareils étaient revenus à bord, prêts au combat, et le gros vaisseau se prépara à transiter vers le système de Relican.

La tension était au maximum, car il s'agissait de leur première offensive au sein des frontières de l'Empire. Jusqu'ici, ils avaient dû subir les évènements. Aujourd'hui, ils allaient inverser la tendance en provoquant les forces vives d'Ildaran et en rendant publique la survie d'Ishar.

- Stabilisation inertielle, champ de propulsion Randarion activée, saut.

*

Le colosse de deux mètres vingt-cinq tenta de couper Klosteran en deux et ce dernier n'eut que le temps de parer l'attaque avec le sabre tenu dans sa main gauche. Sans ses Nanocrytes de type six, qui augmentaient sa résistance osseuse et sa force musculaire, le coup eût été fatal. Le choc entre les deux lames fut effroyable, mais le corodrium résista. Un, « oh ! » de surprise s'éleva des gradins, tant l'intensité du premier assaut avait surpris les spectateurs.

Klosteran ne se laissa pas impressionner par ce coup et répliqua aussitôt avec la lame de sa main droite en tentant de couper en deux le bouclier de bois de son adversaire. Malheureusement pour lui, l'Ildaran ne connaissait pas le bois utilisé pour la fabrication de ces boucliers. Il s'agissait d'une sorte d'arbre, appelé Ylten, ayant la forme d'un champignon d'un mètre cinquante de haut. La partie supérieure était découpée dans la masse puis façonnée par polissage. Aucun métal produit sur Polona n'avait réussi à entamer en profondeur ce bois particulier et il fallait des centaines d'heures de polissage pour réaliser un bouclier parfaitement lisse.

La lame de corodrium, abattue avec puissance par l'Ildaran, pénétra néanmoins de trois centimètres dans le bois d'Ylten, mais y resta prisonnière. Cet exploit fut salué par la foule, mais le colosse profita du court l'instant de surprise de Klosteran pour lui assener un violent coup de bouclier qui eut assommé tout humain normalement constitué. Klosteran dut plonger sur le côté gauche de son adversaire pour échapper au rapide coup de sabre qui suivit l'attaque au bouclier. L'homme de main de Tâardian s'avérait être redoublement vif et puissant et l'Ildaran dut battre en retraite, malgré sa vitesse supérieure. Klosteran avait perdu un sabre et il réfléchissait à la manière de terrasser cette montagne de muscles en tournant lentement autour de lui. La foule avait apprécié les premiers échanges et hurlait maintenant des encouragements aux deux combattants.

L'homme des Tâardian était solidement campé sur ses jambes et étudiait également son adversaire. Son attitude patiente et attentive dénotait une certaine intelligence et renforçait sa dangerosité.

Klosteran allait devoir reprendre l'initiative, car, pour le moment, il paraissait plutôt dominé par le grand guerrier.

L'Ildaran s'approcha lentement du colosse qui se déplaça légèrement pour offrir son flanc gauche à une éventuelle attaque. L'homme se savait protégé par son bouclier en Ylten dans lequel l'un des sabres de Klosteran était encore fiché.

Klosteran chargea en levant son sabre et chercha à atteindre son adversaire avec un coup oblique. Sa rapidité surprit le gâalanais qui ne dut son salut qu'à son grand bouclier, levé par réflexe. Klosteran avait pris soin de frapper avec un angle suffisant pour éviter que son autre sabre ne se coince, lui aussi, dans le bois formidablement dense.

Le représentant du cousin de Tâargrien fut un peu déstabilisé par la rapidité de l'assaut et trébucha légèrement. Malheureusement pour Klosteran, il reprit très vite son équilibre et se remit aussitôt en garde. Les deux hommes se jaugeaient et Klosteran, malgré sa rapidité supérieure, se demandait comment traverser la défense de son monstrueux adversaire.

Le salut vint de l'attaque prématurée de l'homme des Tâardian. Il leva son sabre avec l'intention de couper en deux Klosteran, dans le sens de la hauteur. L'Ildaran esquiva en se protégeant avec son sabre passé dans sa main gauche, manche vers le haut et lame vers le bas afin de laisser le sabre de son adversaire glisser le long de son flanc gauche. Dans un même mouvement, le grand guerrier tenta une nouvelle fois d'assommer Klosteran avec son bouclier, mais cette fois-ci l'Ildaran était prêt et dévia l'assaut en repoussant avec force, de sa main droite, le bouclier vers le bas. Le colosse fut déséquilibré et Klosteran profita du mouvement pour replier son bras droit et lui assener un formidable coup de coude au visage. Le colosse flancha sous la douleur de sa joue éclatée qui saignait abondamment. Malgré sa blessure et la douleur, le géant se remit vite en position, mais il devait être habitué à vaincre ses adversaires rapidement, car il commençait à se fatiguer et le sang qui lui coulait sur le visage semblait le gêner. Son œil gauche était fermé et sa vision réduite devait commencer à le faire douter de l'issue du combat.

Klosteran repartit à l'attaque en feintant de frapper un coup droit sur le bouclier de son adversaire. L'Ildaran avait exécuté son assaut suffisamment lentement pour que le guerrier ait le temps de parer, mais Klosteran feinta en faisant passer, de nouveau, son sabre dans sa main gauche et visa les jambes du colosse en plongeant sur son bras droit dans une chute avant, parfaitement réalisée. La lame tourna autour du genou gauche du guerrier et entama les tendons de la jambe. Celle-ci ne pouvait plus soutenir le poids du grand guerrier qui dut reporter son poids sur sa jambe droite. La foule hurla de nouveau devant la rapidité et la qualité d'exécution de la botte de Klosteran.

L'Ildaran s'était déjà relevé face à son adversaire qui dut claudiquer pour se retourner. Klosteran en profita pour l'attaquer sur son flanc droit protégé par le sabre. Comme le guerrier Tâardian ne pouvait plus se reposer sur sa jambe gauche, l'attaque eut pour effet de le déséquilibrer une nouvelle fois et le colosse chuta de tout son poids en jurant violemment.

C'en était fini pour l'homme des Tâardian. Klosteran signifia à l'assesseur de justice qu'il se déclarait satisfait de cette victoire et qu'il n'exigeait pas la mort de son adversaire. L'assesseur se retourna alors vers le cousin de Tâargrien afin d'obtenir son assentiment, mais le jeune homme, imbu de lui-même, refusa la capitulation et voulait voir son champion défait, tué par Klosteran.

Des cris de violence fusaient des gradins. « *Tue-le, à mort !* » Tâargrien lui-même leva la main, pouce vers le sol, signifiant la mort du vaincu. Klosteran leva alors son sabre et frappa la lame de son adversaire avec une telle force que celle-ci voltigea dans les airs. Son adversaire était à sa merci, désarmé, reposant sur le côté gauche. L'homme parla alors pour la première fois depuis le début du combat et lui jeta : « *finis-en vite, nous avons combattu avec honneur.* »

Le colosse ferma alors les yeux attendant le coup de grâce, mais Klosteran lâcha son épée et lui assena un formidable coup de poing droit, de toute sa puissance augmentée par ses Nanocrytes. Le colosse s'effondra : assommé. L'Ildaran ramassa les deux sabres en corodrium et le bouclier puis mit le guerrier estourbi sur son dos. Il s'apprêtait à le ramener à l'intérieur des bâtiments, mais s'arrêta à la limite du cercle, devant l'attitude menaçante des gardes qui avaient déjà bandé leurs arcs.

L'Assesseur se leva et prit la parole :

- L'étranger répondant au nom de Klosteran est déclaré vainqueur du jugement du cercle. Nulle accusation ne pourra plus être portée et il est libre de circuler dans le royaume. Que le cercle soit levé !

Les gardes remirent instantanément leurs flèches dans leurs carquois et Klosteran put regagner tranquillement la porte du bâtiment, sous les hourras de la foule hystérique.

Le colosse pendait mollement sur l'épaule de l'Ildaran qui ne semblait faire aucun effort pour porter le géant qui devait portant peser dans les cent quarante kilos.

Rliostem accueillit son ami avec gravité, même s'il n'avait jamais réellement douté de l'issu du duel. Il suspectait même Klosteran d'avoir fait, un peu, durer le combat afin de ne pas éveiller les soupçons sur leurs réelles capacités physiques.

- Que vas-tu faire de ce monstre ? lui demanda-t-il.

- Je ne pouvais pas le tuer de sang-froid, répliqua le vainqueur.

- Ça, je le comprends bien, mais, à mon avis, s'il retourne chez les Tâardian il ne sera pas bien accueilli. Les Ildarans avaient parlé en gâalanais, qu'ils maîtrisaient maintenant assez bien, et les hommes de Sertime les avaient entendus.

- Vous auriez dû le tuer, car s'il tombe entre les mains de son maître, celui-ci lui fera payer sa défaite et son l'humiliation publique. Fit l'un des gardes.

- Eh bien, nous n'aurons qu'à le prendre avec nous, proposa Klosteran

- Un Tâardian ?! s'exclamèrent, incrédules, plusieurs gardes du marchand.

- Cela va être à votre tour Rliostem, les héla Sertime, qui venait vers eux. Félicitations, Klosteran ! J'avoue avoir craint pour votre vie lorsque j'ai découvert cette montagne de muscles. Ce doit être un homme du cousin de Tâargrien, car il n'a jamais été aperçu en ville. S'adressant cette fois-ci à Rliostem. Faites attention, car, d'après mes informations, votre adversaire est l'un des meilleurs maîtres d'armes du duc. Il sera d'autant plus motivé à vous tuer que Klosteran a remporté son combat. Les Tâardian ne peuvent pas se permettre d'être humiliés une seconde fois.

- Comme je vous l'ai dit hier soir, je n'ai pas l'intention de me laisser occire, Sertime. Répondit Rliostem, cette fois très sérieux. Sauriez-vous, par hasard, d'où provient ce sabre ? Questionna-t-il, car la découverte d'armes en corodrium l'inquiétait.

- Non, je n'avais jamais vu ce métal avant d'apercevoir vos propres lames. J'imagine qu'il provient du même armurier qui vous les a forgés. Répondit Sertime, observant la lame parfaitement aiguisée et toujours aussi lisse malgré les échanges violents. En tout cas, je suis impressionné par la solidité de ce métal. Je vous ai vu vous affronter avec force, et même une lame forgée par les armuriers de Damiusin aurait été sérieusement ébréchée.

Rliostem ne répondit pas, car il était temps pour lui d'entrer dans l'arène et il se dirigeait déjà vers l'Assesseur.

Son adversaire l'attendait déjà au centre du cercle du jugement et observait attentivement sa façon de se mouvoir. L'homme du duc devait mesurer un mètre quatre-vingt-dix, peut-être légèrement plus. C'était le type même du guerrier aguerri, tout en muscles longs et fins. Il devait être très agile et rapide. Son attitude posée et attentive démontrait une longue pratique du combat. Il avait choisi une seule arme et tenait un sabre en corodrium dans sa main droite.

Décidément pour une planète censée être exempte de minerai de corodria, il y a beaucoup d'armes extraplanétaires, pensa Rliostem.

L'Ildaran s'avança lentement en étudiant son adversaire, mais il ne distinguait aucun point faible. Contrairement à Darin, qui était un véritable maître d'armes, Rliostem était un garde impérial type : analyste, rapide et efficace, mais pas un expert en combats rapprochés. Face à un tel adversaire, il lui faudrait compter sur sa vitesse pour vaincre, car l'homme le surclassait assurément dans les techniques de duel aux armes blanches.

Comme lors du duel précédent, les spectateurs encourageaient Rliostem par des cris scandant son nom. Cela ne semblait pas perturber le représentant du fils Tâardian qui attendait patiemment le début du combat.

L'Assesseur de justice attendit que Rliostem soit au milieu du cercle et leur rappela que tout adversaire franchissant le cercle serait abattu par les archers.

Que le jugement commence !

Contrairement à l'assaut de l'adversaire de Klosteran, le maître d'armes ne se rua pas sur l'Ildaran. Il se contenta de se mettre en garde et commença à tourner lentement autour de lui. Il avait remarqué que son adversaire disposait également d'armes en corodrium et semblait un peu contrarié, mais cela ne modifiait en rien sa détermination de satisfaire son maître.

Les deux hommes se jaugeaient prudemment, attendant que l'autre prenne l'initiative du premier assaut. La foule avait fait silence, retenant son souffle.

Le face-à-face durait déjà depuis de longues secondes lorsque Rliostem tenta une attaque oblique. La contre-attaque fut cinglante : le maître d'armes évita prestement la lame et se fendit en visant le genou de son compétiteur. Celui-ci ne dut son salut qu'à ses améliorations qui accéléraient sa vitesse de quatre-vingts pour cent. Il déplaça sa jambe droite vers l'arrière en déviant la lame de son adversaire du même côté.

D'un même élan, il se colla dos à dos avec celui-ci et attrapa son avant-bras droit à l'aide de sa main gauche. L'Ildaran profita de la rotation induite pour le déstabiliser un peu plus et accélérer leur mouvement giratoire. Le guerrier ne s'attendait pas à cette prise et ne savait plus comment reprendre son équilibre. Rliostem en profita pour accélérer encore leur rotation et le lâcha brutalement, à proximité de la limite du cercle. L'homme des Tâardian ne put ralentir et franchit, bien malgré lui, la limite du cercle du jugement. Il réalisa à peine ce qui s'était passé, qu'il était déjà ciblé de six flèches. Il s'écroula sans un mot, le sabre encore à la main. La foule en délire scanda le nom de Rliostem, car personne n'avait jamais vu une botte pareille.

- Le jugement est rendu. Messire Klosteran est lavé de toute accusation. Il est déclaré innocent et libre de ses mouvements à travers le royaume.

L'assesseur déclara ainsi la fin du combat pendant que l'Ildaran était acclamé par la foule qui jetait des centaines de pétales bleus dans l'arène.

Rliostem ramassa le sabre de son adversaire défait et marcha calmement vers Klosteran, qui l'attendait devant les portes monumentales. Les Tâardian, visiblement furieux, quittaient précipitamment les arènes. L'Ildaran songea qu'il faudrait se méfier de ces serpents qui ne s'avoueraient probablement pas satisfaits du jugement. L'avenir allait malheureusement lui donner raison.

Rliostem retrouva son ami à proximité de l'entrée de l'arène. Les deux hommes se dirigèrent vers l'intérieur des bâtiments en direction des loges sous les acclamations de la foule en délire. L'Ildaran n'était pas particulièrement réjoui d'avoir dû tuer le guerrier Tâardian. Contrairement au combat mené contre les pillards qui avaient assassiné des innocents, le maître d'armes s'était retrouvé au centre d'un enjeu politique qui le dépassait.

- Tu n'avais pas le choix, Rliostem. Il était trop expérimenté pour le neutraliser sans risque. Il t'aurait tué sans remords.

- Je le sais, mais il s'agit de son monde et de sa culture. Nous venons d'ailleurs… Il regrettait surtout d'avoir dû supprimer son adversaire à cause des Tâardian. Rien que pour cette raison, il leur en voulait.

- Allons nous changer et retrouver Sertime. Il doit être rassuré de notre victoire, ajouta Klosteran pour tenter de distraire son ami de ses pensées moroses.

- Tu as raison, d'autant que je boirais bien un verre de son excellent vin. Acquiesça Rliostem, songeur.

Les deux hommes pénétrèrent dans la partie du bâtiment où se trouvaient leurs loges et s'étonnèrent de ne pas retrouver le marchand ni ses gardes. Ils furent immédiatement sur la défensive et fouillèrent prudemment les lieux.

Ils découvrirent six gardes de Sertime morts, à l'entrée de leur loge, mais personne d'autre.

- On nous a volé nos ceintures ! s'exclama Klosteran, qui fouillait déjà dans leurs affaires.

- Personne ne peut activer les générateurs de bouclier, ils sont accordés sur nos empreintes corporelles et nos Nanocrytes. Rétorqua Rliostem.

- Peut-être, mais nous sommes sans défense ! s'énerva Klosteran.

- Ce n'est pas très grave, on peut s'en faire envoyer par l'IA du Randor. Un androïde peut venir nous en apporter la nuit prochaine. Tempéra Rliostem.

- Certainement, mais, en attendant, nous sommes sans protection. En temps normal je ne m'inquiéterais pas, mais, avec Sertime absent et surtout Baliran, qui était censé nous attendre, je ne suis pas tranquille. Ajouta Klosteran, visiblement nerveux à l'idée de devoir rester sans bouclier énergétique jusqu'à la nuit.

S'il ne craignait pas un combat frontal, personne n'était à l'abri d'une flèche et les archers du coin étaient plutôt efficaces.

Même le colosse vaincu par Klosteran avait disparu, ce qui sous-entendait de nombreux hommes de main pour avoir pu porter le géant, car tout le monde n'avait pas la force d'un Ildaran amélioré aux Nanocrytes militaires.

- C'est surtout l'absence de Baliran qui m'inquiète. Il n'a pas pu être surpris d'autant qu'il avait un bouclier. Il est donc parti volontairement. Releva Rliostem.

- Peut-être que Sertime était menacé et qu'il a dû céder sous la contrainte ? suggéra Klosteran.

- J'ai du mal à croire que des agresseurs aient pu neutraliser tous les hommes de Sertime ainsi que Baliran sans y laisser des plumes. Il n'y a aucune trace de combat. Objecta l'Ildaran en faisant le tour de la pièce, à la recherche du moindre indice.

- Oui, tu as raison. C'est pourtant étrange, car je ne vois pas Sertime nous laisser sans protection après notre combat d'autant que nous ne savons même pas comment retourner à son palais. Renchérit Klosteran.

- Ce devait être le rôle des six gardes morts. Supposa Rliostem, en désignant les corps.

- Vraisemblablement et ce n'est pas pour me rassurer.

Du bruit venant de la porte extérieure les mit de nouveau sur la défensive. Il s'agissait d'un des lieutenants de Sertime qui revenait avec un garde.

- Ah ! Vous êtes là, le prophète en soit remercié. Où sont Risai et ses hommes ? S'étonna aussitôt l'envoyé du prince marchand.

- Si vous faites référence à vos gardes, il y a six hommes morts derrière ces bancs, lui répondit Rliostem en désignant le fond de la pièce.

- Maudits soient les Tâardian, c'est un coup de leurs assassins ! Vite, suivez-moi, il faut regagner le palais du prince Sertime vous êtes en danger. L'homme semblait très agité, mais les Ildarans étaient des professionnels et ils exigeaient des réponses avant de se lancer tête baissée, à la suite d'un garde aperçu le matin pour la première fois.

- Que ce passe-t-il ? Où sont Sertime et Baliran ? Les interpella sèchement Rliostem.

- Il y a eu un feu au palais. Mon maître a dû partir sans attendre et, comme il s'agit probablement d'un incendie volontaire, Baliran a voulu l'accompagner pour le protéger. Répondit le gâalanais en tournant la tête dans tous les sens, par crainte de nouveaux ennemis.

- Il a bien fait. Approuva Klosteran, qui commençait à se détendre. Pourquoi êtes-vous revenu ?

- Nous sommes tombés sur un grand nombre de gardes Tâardian sur l'avenue principale. Ils n'ont pas osé s'en prendre au prince marchand à cause de la guilde, mais ils n'hésiteront pas à vous attaquer. Je suis venu vous avertir de prendre un autre chemin ? Je vais vous guider par les petites rues. Proposa l'homme d'un ton agité.

- Bien nous vous suivons, accepta Klosteran.

Les deux Ildarans se demandaient ce que leur réservaient encore les Tâardian, car nul doute qu'ils soient mécontents du jugement. Ils jetèrent un regard circulaire afin de vérifier, une fois de plus, si leurs générateurs de champs *Horlzson* n'avaient pas été abandonnés, mais durent se résoudre : ils avaient bien été dérobés. La question était de savoir s'il s'agissait d'un vol intentionnel ou uniquement d'un geste de rapine. La première hypothèse était beaucoup plus fâcheuse, car elle impliquait que quelqu'un, sur cette planète, ait connaissance des technologies ildaranes. La présence d'armes en corodrium semblait valider cette conjecture et ce n'était pas pour rassurer les deux hommes.

- Suivez-nous vite ! insista le lieutenant de Sertime en sortant rapidement de l'enceinte de l'arène, par une porte secondaire.

Ils observèrent attentivement les alentours afin de vérifier qu'il n'y avait pas de guetteurs, mais apparemment les Tâardian n'avaient pas envisagé de plan B. Les quatre hommes s'engagèrent, au pas de course, dans une succession de ruelles étroites. Les deux gâalanais ouvraient la marche et Klosteran fermait la procession en surveillant leurs arrières.

Rliostem n'appréciait pas tellement la configuration des lieux, car, en cas de combat, l'étroitesse des ruelles les gênerait considérablement pour développer toute leur vitesse. Un guet-apens était toujours possible et des archers embusqués pourraient les cibler avant qu'ils n'aient le temps de se dissimuler dans une ruelle adjacente. Non, décidément la situation déplaisait fortement à l'Ildaran.

Assuré que Klosteran surveille leurs arrières, Rliostem se concentrait sur les hauteurs des maisons bordant les ruelles. Ses Nanocrytes de combat lui permettaient d'analyser tous les spectres de couleurs, mais, même aux infrarouges, la chaleur extérieure pouvait masquer la chaleur corporelle d'un être humain. Leur progression était rapide et les deux Ildarans craignaient trop de précipitation qui pourrait les conduire dans un piège. Si leurs ennemis bloquaient leur chemin, il serait difficile de s'extirper de cette souricière.

Quelques citoyens les regardaient passer, mais ils n'avaient pas été reconnus. Cela convenait parfaitement aux quatre hommes qui souhaitaient, le moins possible, attirer l'attention sur eux.

- Nous sommes encore loin ? demanda Rliostem à l'homme qui le précédait.

- Encore deux kilomètres, mais si vous voulez, nous pouvons accélérer l'allure. Proposa l'homme.

- Non, inutile de nous jeter stupidement dans une chausse-trappe.

- Une quoi ? Visiblement la traduction ne devait pas correspondre à un terme connu sur Polona.

- Un traquenard si vous préfér….

Rliostem ne put terminer sa phrase. Il eut le temps d'enregistrer des mouvements sur les hauteurs d'une maison face à eux et les deux hommes de tête s'écroulèrent, mortellement atteints par deux flèches chacun. Les deux Ildarans avaient plongé simultanément, mais aucune flèche ne les avait apparemment visés.

Ils se relevèrent dans un même mouvement fluide et se mirent dos à dos, prêts à affronter tout assaillant, mais ils étaient à découvert, sous la menace des archers. Ils distinguaient déjà plus de dix hommes devant et derrière eux. Le piège avait été bien préparé, car il n'y avait aucune échappatoire possible et les maisons de chaque côté étaient toutes closes. Les archers les avaient mis en joue, mais retenaient leurs traits. Leurs agresseurs devaient vouloir les prendre vivants, mais les deux Ildarans n'avaient pas l'intention de se laisser capturer sans combattre.

Rliostem songea que l'étroitesse de la ruelle ne permettrait pas à plusieurs adversaires de les affronter simultanément et que cela pourrait certainement combler leur important déficit numérique. Non pas qu'affronter cinq hommes chacun soit un problème avec leur physique augmenté, mais il n'avait pas beaucoup d'espace pour exprimer tout leur potentiel.

Mais avant même que le combat ne s'engage, un filet de cordes, lesté de métal, s'abattit sur eux. Les deux Ildarans étaient prisonniers ! Malgré leurs améliorations physiques, les cordes étaient trop épaisses et trop solides pour pouvoir être rompues à mains nues. Ils s'attelèrent à essayer de les couper avec leurs lames en corodrium, mais leurs ennemis ne leur en laissèrent pas le temps.

Sans la protection de leurs boucliers *Horlzson*, ils durent se résoudre à capituler devant les lances pointées sur leurs gorges et les archers qui les mettaient en joue à bout portant, prêts à les cribler de flèches.

Leurs assaillants ne perdirent pas de temps en parlottes et leur ordonnèrent de se mettre sur le ventre. Avec le poids du filet qui entravait leurs mouvements, la tâche ne fut pas aisée, mais ils parvinrent à s'exécuter. Leurs mains furent immédiatement entravées avec des liens de métal consolidés par de grosses cordes. Il semblait que leurs adversaires ne veuillent prendre aucun risque pour prendre de telles précautions. Le filet fut ôté précautionneusement, ne laissant aucune possibilité aux deux hommes de tenter quoi que ce soit. À peine libérés, ils furent saucissonnés avec de nouvelles cordes et une entrave métallique fut posée sur leurs chevilles.

- Ils nous prennent pour des super héros ou quoi ? persifla Klosteran du bout des lèvres.

- Taisez-vous ! beugla l'un des gardes qui leur enfila un sac sur la tête qui les aveugla totalement.

Les hommes de main agissaient avec professionnalisme et ne se parlaient pas entre eux. Dès que les deux Ildarans furent considérés comme neutralisés, la petite troupe se mit en route à travers les ruelles. Rliostem et Klosteran se demandaient bien comment se sortir de cette situation, car leurs liens étaient trop parfaitement noués pour leur laisser le moindre espoir de s'en débarrasser sans intervention extérieure. Ils ne voyaient rien et étaient entraînés chacun par deux gardes chargés de les diriger. Que leur voulaient leurs ravisseurs pour qu'ils soient encore en vie ? Il leur faudrait attendre d'être conduits devant le commanditaire de leur enlèvement, quel qu'il soit, pour obtenir des réponses. Cette planète recelait visiblement encore de nombreuses surprises.

*

Chapitre 8

Le Bellator émergea à onze heures-lumière du soleil du système de Relican et expulsa immédiatement ses croiseurs d'attaques qui se positionnèrent à distance de combat. Le petit aviso furtif sorti à son tour, suivi par trois drones dissimulés derrière leurs champs d'occultation. L'aviso prit aussitôt le cap de la troisième planète alors que les drones se positionnaient en observation, au large du système. L'opération avait pris moins de deux secondes, mais vingt croiseurs impériaux avaient déjà encerclé la flotte de Sarian et exigeaient une identification.

Il y avait quarante-neuf autres navires de guerre dans un périmètre de trois minutes-lumières, mais aucun appareil n'avait ouvert le feu. Paul avait eu raison : le Bellator n'était pas encore enregistré comme hostile. L'amirauté exigeait néanmoins des précisions sur cette arrivée inopinée dans ce système sensible. L'appareil avait vraisemblablement été identifié comme le vaisseau de l'empereur, car les demandes, bien que pressantes, auraient pu s'accompagner de tirs de semonce. Les responsables de Relican craignaient-ils une inspection surprise de Kera 1er ?

Les calculateurs tactiques du Bellator identifièrent immédiatement les vaisseaux civils évoluant dans le système et prirent pour cible les bâtiments militaires. La surprise fut totale, mais les systèmes de défense du système de Relican réagirent à la vitesse d'un calculateur quantique.

Il était déjà trop tard pour les croiseurs encerclant le Bellator à moins de neuf cent mille kilomètres. La salve tirée du porte-croiseur fut sur eux en quatre secondes et les réduisit à l'état de nuages de particules broyées par les mini-trous noirs. Avec des torpilles classiques, leurs systèmes de défense à rayons disrupteurs auraient intercepté les torpilles, mais avec des munitions AP ils n'avaient eu aucune chance, car ils étaient trop proches pour utiliser des missiles d'interception.

Les croiseurs du Bellator s'éparpillèrent sur les cibles prédéterminées par l'IA pendant que le vaisseau mère attaquait le groupe de quarante-neuf croiseurs, repéré quatre secondes plus tôt. Ils étaient tous en mouvement et trop à l'intérieur du système pour transiter. Mais le Bellator ne pouvait pas non plus s'enfoncer dans le système et il dût expédier ses torpilles à une distance de vingt-huit secondes-lumière. Les IA des croiseurs avaient eu le temps d'analyser l'affrontement précédent et ne perdirent pas de temps à essayer de détruire les torpilles au disrupteur. Ce ne furent pas moins de cent soixante missiles d'interception qui se ruèrent à l'assaut des torpilles du Bellator. Malgré leurs protections, elles furent toutes détruites avant d'atteindre leur distance d'activation.

Le porte-croiseurs allait maintenant devoir faire face à plus de huit cents torpilles expédiées par les croiseurs impériaux. Bella n'hésita pas et transita immédiatement hors d'atteinte. Moins de dix nanosecondes plus tard, une escadre de vingt-cinq vaisseaux d'attaque transita à distance de combat et ouvrit le feu immédiatement sur le gros vaisseau au rayon disrupteur. Les puissants rayons commencèrent à lacérer l'écran extérieur du porte-croiseurs qui étincela comme un phare stellaire. Le Bellator répliqua et entreprit de détruire méthodiquement les bâtiments les plus proches, mais il fallait maintenant se replier, car les senseurs enregistraient de nombreuses signatures gravitiques à proximité des points de sauts et plus de quatre-vingts croiseurs allaient potentiellement émerger dans la sphère de défense du gros navire de combat. Même avec ses écrans surpuissants, il ne pourrait pas résister à une telle puissance de feu.

Le petit aviso furtif commença alors son travail de diversion et attaqua sa première cible. L'apparition soudaine de torpilles à l'intérieur du système provoqua un léger flottement dans la défense adverse. Bella en profita pour transiter vers le point de ralliement prévu avec ses croiseurs.

Les dix appareils apparurent presque simultanément à deux cent vingt années-lumière du système de Relican. Ils avaient émergé éparpillés, au large d'une géante bleue, mais moins de six nanosecondes plus tard les neuf croiseurs avaient transité à proximité du Bellator et étaient alignés dans l'axe arrière des docks d'appontement. Il fallut néanmoins sept longues secondes pour que les navires d'attaque soient amarrés dans le Bellator. Tous les systèmes de combat du gros porte-croiseurs étaient activés, car, s'il était impossible aux impériaux de suivre leur saut quantique, les drones de surveillance avaient déjà dû transmettre leur message d'alerte.

En effet, alors que le Bellator s'apprêtait à transiter, une flotte de cent croiseurs d'attaque émergea dans le système. Bella ne chercha pas à engager un combat perdu d'avance et sauta dans le bras Écu-Croix, également appelé bras du centaure. L'IA avait eu le temps d'enregistrer le tir de plus de deux cents torpilles avant d'activer le trou de vers repliant l'espace, mille cent deux années-lumière plus loin, en direction du grand vide entre les galaxies.

Dans cette région de l'espace, les étoiles étaient moins nombreuses et plus vieilles. Il y avait de nombreuses naines rouges et naines brunes. Tout un pan de l'espace paraissait vide d'étoiles, mais la galaxie d'Andromède se distinguait mieux à près de deux millions d'années-lumière, au-delà du grand vide. Les senseurs longue portée du gros vaisseau n'enregistraient aucune activité énergétique. Le secteur était désert.

Ils allaient devoir attendre probablement plus d'une dizaine d'heures que les drones furtifs les rejoignent.

La tension était retombée à bord du Bellator, le navire avait été sévèrement atteint par des rayons disrupteurs et les sécurités du bouclier extérieur avaient sauté. Il faudrait plusieurs heures aux androïdes de maintenance pour réparer, mais tout serait redevenu opérationnel d'ici le retour des drones.

Bella leur annonça qu'Irias avait préparé quelques surprises. Ce fut donc dans la bonne humeur et le soulagement que tous se rendirent dans la grande salle de dîner. Ils découvrirent de nombreuses boissons et un Irias joyeux qui les accueillit avec un soulagement bien visible.

Bella avait activé les projections holographiques et ils pouvaient admirer l'espace environnant. Mélanie et Paul étaient particulièrement captivés par le vide entre les galaxies. Ils n'avaient jamais vu une noirceur aussi totale et cela avait quelque chose de fascinant, proche de l'appel du vide devant un gouffre.

Les pensées de Paul étaient désordonnées, il songeait aux combats passés et aux paroles de l'émissaire des Al-Heoxyrians qui souhaitaient qu'il se rende sur Polona. L'adolescent se demandait ce qui les attendait et la raison pour laquelle ils souhaitaient qu'il aille sur cette planète.

Sarian pensait à Klosteran et Rliostem, qui devaient les attendre avec impatience.

Oria observait Paul et se demandait quelles seraient ses limites psys, car elle avait déjà décelé un énorme potentiel renforcé par ses joyaux.

Telius repensait aux combats et au potentiel offensif des armes des scientistes. Il entrevoyait de nombreuses possibilités pour l'avenir et échafaudait déjà des stratégies guerrières.

Darin était impatient de reprendre les entraînements et presque heureux d'avoir à affronter les dangers d'une planète médiévale où son potentiel de maître d'armes pourrait s'exprimer pleinement.

Mélanie les observait tour à tour et se demandait un peu ce qu'elle faisait là : à l'opposé de la galaxie dans un vaisseau spatial, elle qui était encore à Paris, moins d'un mois auparavant, savourant une petite vie d'étudiante.

Paul observait la grande galaxie spirale d'Andromède, quasi-jumelle de la Voie Lactée, bien que plus grande, sans se douter qu'elle recelait un danger mortel pour les humains.

Mais pour le moment, tous savouraient leur première victoire contre Kera Seravon.

Fin du cycle de l'héritier.

Prochain cycle à paraître : « Le Cycle des Initiés »

Glossaire

Aaken :   membre du collège des Scientistes,

Al-heoxyrian   nom donné à une entité ? Race ? Qui
                       serait, selon les Ildarans, à l'origine de
                       l'uniformisation de la vie humaine dans la
                       galaxie Voie Lactée. Voir Charte des Al-
                       heoxyrians qui interdit le recours au saut
                       quantique à proximité des étoiles ainsi
                       que l'intervention dans les civilisations
                       préspatiales.

Amaridinia   planète mineure de l'Empire d'Ildaran.

Arkrit   minerai découvert sur un planétoïde
                       possédant des propriétés uniques lorsqu'il
                       entre en résonnance.

Asuyâata   maître armurier de la planète Polona.

Averdin   clan ayant découvert la planète Terre,
                       vassal de la famille Uphrasite.

Baliran   ancien garde impérial, a trouvé refuge
                       dans la guilde des contrebandiers.

Bella   prénom donné à l'IA du Bellator.

Bellator   nom donné au vaisseau impérial conquis
                       par Ishar Verakin.

Brasky   système de Brasky. Système solaire ayant
                       violé la Charte des Al héoxyrians. Détruit
                       par explosion de son étoile.

Briza   ancien garde impérial, membre de
                       l'équipe de protection d'Ishar Verakin.

Carou 4   croiseur d'attaque embarqué sur le
                       Bellator.

Carusif	croiseur léger détaché auprès de la garnison en poste sur la planète Terre.
Cavon Seravon	découvreur de la matière noire, ancêtre de Kera 1er.
Cheeris	membre du collège des Scientistes,
Coren Faraï	inventeur des Nanocrytes.
Corodria	minerai permettant de produire le corodrium.
Corodrium	alliage, à base de Corodria, particulièrement résistant permettant un façonnage moléculaire.
Corvin	capitaine d'une brigade squir, chef de la sécurité de Kera 1er, psykan de haut niveau.
Damiusin	ville sur Polona, réputée pour les artisans qui fabriquent des armes de très haute qualité.
Darin	maître d'armes, ancien garde impérial, membre de l'équipe de protection d'Ishar Verakin
Écu-Croix	bras spiral de la Voie Lactée (également appelé bras du Centaure). Se situe entre le bras Sagittaire-Carène et le bras de la Règle.
Extrapolonian	humain, étrangé à Polona.
Facel Randarion	Inventeur de la technologie de déplacement par trou de vers, appelé également saut ou transition quantique.

Faraï   famille majeure de l'Empire d'Ildaran,
                            spécialisée dans la recherche médicale,
                            inventeur des Nanocrytes, de la
                            prolongation de la vie et des glandes
                            psykanes.

Farmien Horlzson   inventeur du bouclier énergétique qui
                            porte son nom.

First Episode :   navire de plaisance à moteur

Florilius,   commandant de la base ildarane
                            stationnée sur la planète Terre.

Frochia,   (système de) système solaire situé proche
                            des frontières de l'Empire, étoile de type
                            naine rouge.

Gâal,   (royaume de), situé sur Polona.

Gâalanais :   habitants du royaume de Gâal.

Golchem,   directeur scientifique de la base ildarane
                            installée sur la planète Terre.

Gorantim,   lieutenant du commandant Florilius.

Hefry,   membre du collège des Scientistes

Hertocha,   système mineur de l'Empire d'Ildaran.

Hevry,   membre du collège des Scientistes

Holocom :   technologie de communication en 3D.

Horlzson :   (champs) nom du bouclier énergétique
                            utilisé par les Ildaran.

Humano-compatible : terme utilisé pour désigner les planètes
                            habitables par les humains et aux
                            conditions presque similaires à la planète
                            mère des Ildarans.

Ika Seravon,	amiral de la flotte envoyée dans le système solaire, cousin de l'Empereur Kera 1er.
Ikon Seravon,	frère cadet de l'Empereur Kera 1er.
ildaran	peuple de l'Empire d'Ildaran.
Ildaran Prime,	planète mère des ildarans et capitale de l'Empire.
Ilvaran Verakin,	ancêtre d'Ishar, inventeur de la technologie qui convertit les particules de matière noire en énergie et la stocke dans des condensateurs.
Irias,	intendant impérial de la famille Verakin, proche du père d'Ishar.
Ishar,	dernier descendant de la famille Verakin.
Jilien,	membre du détachement militaire commandé par Florilius.
Karyo,	capitaine du vaisseau amiral du cousin de l'empereur, l'amiral Seravon.
Kera,	prénom de l'empereur Seravon.
Kharitra,	planète mineure de l'Empire connue pour ses élevages.
Kin,	abbréviation de Verakin, symbolisant l'énergie produite par les condensateurs Verakin.
Klosteran,	ancien garde impérial, a trouvé refuge dans la guilde des contrebandiers.
Korïn Faraï,	inventeur des glandes psykanes.
Korisandre,	membre du collège des Scientistes.

Kriavia,	planète mère des scientistes située dans l'amas des Pléiades.

Kries,	résille Kries, dispositif de neutralisation des ondes cérébrales et de protection contre les psykans.

Liar,	membre du commando Squir de Corvin.

Livion,	commandant scientiste.

Lorka,	(fédération de), système solaire indépendant situé à 800 années-lumière de la Terre.

Mâarleen,	princesse gâalanaise, fille du roi Mâaspec

Mâaspec,	roi de Gâal.

Malezari,	famille majeure de l'Empire d'Ildaran, proche des Seravon.

Mariq,	membre de l'équipe de Sarian.

Marvio,	chef des contrebandiers installé sur Polie, la septième planète du système de Polona.

Milpars,	chef de la garde du prince Sertime.

Miol,	membre de l'équipe de Florilius.

Nanocryte,	nanorobots biologiques améliorant les performances physiques des porteurs.

Nanotraqueur,	dispositif de suivi de la taille d'une nanoparticule.

Narvin,	membre de l'équipe de Sarian.

Neurorécepteur,	dispositif artificiel biologique lié aux Nanocrytes.

Neutralisateur,	(de champs quantique) dispositif de brouillage qui bloque tout déplacement par trou de vers.
Niir,	adjoint de Corvin.
Numarion,	membre de l'équipe de Sarian.
Obvion,	membre du collège des Scientistes.
Okorox	animal de couleur fauve, orné d'une crinière de lion, ressemblant à un croisement entre un Wapiti et un cheval frison.
Oprius,	croiseur d'attaque embarqué à bord du Bellator.
Orcaphin,	système mineur de l'Empire, administré par la famille Uphrasite.
Oria,	membre de l'équipe de Sarian.
Orikan Verakin,	ancêtre de Paul qui comprit, parmi les premiers, le potentiel des glandes psykanes.
Pallaron,	membre de l'équipe de Sarian.
Perculio,	second de Marvio, connu pour être intelligent et perfide.
Perti,	membre de l'équipe de Florilius.
Polona,	(système de) et planète habitable.
Polonian	habitants de Polona
Port Gâal,	capitale du royaume de Gâal.
Prag,	membre de l'équipe de Sarian.

Psykan,	humains ayant reçu des glandes psykanes qui amplifient leur potentiel psychique.
Qiotianne,	(système de) abritant une planète agricole.
Quirtan,	membre du collège des Scientistes.
Randarion,	inventeur de la technologie de déplacement par trou de vers, appelé également : transition ou saut quantique.
Randor,	navire furtif, au stade de prototype, ayant permis la fuite d'Ishar Verakin.
Raren,	membre du collège des Scientistes.
Ravokâan Tâardian,	duc, vassal du roi Mâaspec.
Relican,	système impérial majeur, base de construction de vaisseaux militaires.
Rliostem,	membre de l'équipe de Sarian.
Sarian,	ancien chef de la garde du père d'Ishar.
Sariote 2,	croiseur d'attaque embarqué à bord du Bellator.
Scienty,	République de Scienty, système refuge des scientistes ayant fui l'Empire.
Sécurité Impériale,	unité d'élite de l'empereur.
Seravon,	famille majeure de l'Empire, rivale des Verakin.
Sertime,	prince marchand sur Polona.
Sertone Prime,	planète principale de la famille Seravon.
Sorphir,	membre du collège des Scientistes.

Squir,	groupe de protection psykan de l'empereur. C'est également un reptile très rapide et partiellement intelligent découvert sur Sertone Prime
Squir Prime,	aviso rapide embarqué à bord du porte-croiseurs.
Sylphiria,	planète mineure de l'Empire connue pour ses épices.
Tâalent	monnaie en vigueur dans le royaume de Gâal.
Tâardian,	famille majeure du royaume de Gâal, vassaux de Mâaspec.
Tâargrien Tâardian,	fils du duc Ravokâan.
Tar 6,	croiseur d'attaque embarqué à bord du Bellator.
Telius,	membre de l'équipe de Sarian.
Teraflonis,	système solaire dans lequel fut découverte l'unique source d'Arkrit.
Uphrasite,	famille majeure de l'Empire.
Utuis Seravon,	oncle de Kera 1er.
Varle,	membre de l'équipe de Florilius.
Verakin,	famille impériale depuis la création de l'Empire jusqu'au putsch des Seravon.
Verakin Ildaran Frîîkr,	cri de ralliement des gardes Verakin signifiant leur allégeance à la famille et à l'Empire.

Vernissos,   (système de), système solaire détruit par un vaisseau braskyien qui effectua un saut quantique trop près de l'étoile.

Vira,   membre de l'équipe de Sarian.

Virlin,   membre de l'équipe de Corvin

Waalsynn,   membre du collège des Scientistes.

Wimp :   acronyme de -Weakly interacting massive particles- ou « particules massives interagissant faiblement ». Les hypothèses scientifiques en font une particule probable de la matière noire.

Wooratoo II,   système solaire impérial le plus proche de la Terre.

Xionnes,   membre de l'équipe de Sarian.

Yjiis,   membre du collège des Scientistes.

Ykel,   membre du collège des Scientistes.

Yleb,   membre du collège des Scientistes.

Ylten   membre du collège des Scientistes.

Ynair,   membre du collège des Scientistes.

Ystor,   membre du collège des Scientistes.

Zetarian Alpha,   système solaire industriel appartenant à la famille Malezari.

Remerciements à tous ceux qui m'ont soutenu dans l'écriture de ce roman et tout particulièremenr ceux qui ont lu les premiers jets et ont apporté leurs idées : Alice, Denis et René. Ils se reconnaîtront ☺